性別不詳VTuberたちがオフ会したら
俺以外全員女子だった
seibetsu fusho VTuber tachi ga
off kai shitara oreigai zenin joshi datta
JN049415

甘露ケイ
Kei Kanro
甘露ケイ
中の人が美少女と噂の
性別不詳 VTuber。
「みんななにか勘違い
しているみたいだけど俺は、
おと――」
アマネ・エーデライト
Amane aederite
アマネ・
エーデライト
声が巨乳で包容力が
あふれていると
評判の VTuber。
「アマネすっごく
楽しかったですぅ」

性別不詳組VTuber
三宅猫ミィ
クールな言動と
ハスキーなイケボで
女性人気が高いVTuber。
「可愛がりたくなる感じの
子猫ちゃんだったね」
三宅猫ミィ
Mii Miyakeneko
藤枝トモ
Tomo Fujieda
藤枝トモ
普段の配信から
下ネタやエロい話題が多い
VTuber。
「今期の抜ける
女キャラ格付けしようよっ」

「だから顔見ればわかるでしょ、男って」

「脱いでもらえれば、もっとわかりやすいけど」

Matsuri Irie
入江茉莉
アマネ・エーデライトの中の人で女子大生。

Megumi kurisaka
栗坂恵
甘露ケイの中の人で男子高校生。

初めてのオフ会
Rei Sairenji
西蓮寺令
三宅猫ミィの中の人で
女子中学生。
Rui Shitou
志藤留依
藤枝トモの中の人で
女子高生。
「私以外の女子ばっかに鼻の下伸ばひてっ!!」
「先輩、令のが可愛いって言おうとしましたーっ?」

「恵君、
お願いだから私だけを見て。
私は恵君のことしか
見てないよ」

親友の告白？

CONTENTS

性別不詳VTuberたちがオフ会したら俺以外全員女子だった

最宮みはや

ファンタジア文庫

3364

口絵・本文イラスト　あやみ

seibetsu fusho VTuber tachi ga
off kai shitara oreigai zenin joshi datta

性別不詳VTuberたちがオフ会したら俺以外全員女子だった

第一話　オフ会したら俺以外全員女子!?

1

画面上には同時接続数『一万』という、見たこともない数字が並んでいる。

同時接続数——通称、同接。

配信をリアルタイムで視聴しているユーザの数、つまり視聴者数を意味している。

「どうもっ VTuber 甘露(かんろ)ケイです。みんな配信に来てくれて、ありがとうっ。見たことないくらい、すごくたくさんの人が来ていて……えーっと、どうしよ」

今この瞬間、俺が画面に向かってしゃべった言葉を、一万人が聞いている。

彼らがどんな人間なのか、どこに住んでいるのか、職業や年齢、容姿、性別——あらゆる情報を知らない。それどころか、彼らがこの世界に実在するかもわからない。

同接一万人は、俺にとってそれくらい信じられないものだ。

遅れて実感が湧いてきて、これだけの視聴者が配信を見に来てくれている、と嬉しさが込み上がってきた。

「普通にゲーム配信するつもりだったんだけど……」

半年前、俺はVTuber甘露ケイとして配信活動を始めた。

ありがたいことに、数百人ほどの視聴者が配信の度に来てくれて、コメントも寂しくない程度にはもらっていた。

今のご時世、個人VTuberなどいくらでもいる。そんな俺の配信が、登録者三千人、同接平均三桁にまで伸びたのは、幼馴染み兼イラストレーター兼自称プロデューサーのおかげだろう。認めたくないけど。

それでもそこそこ見られている程度で、世に輝く人気VTuberたちと比べるまでもなかったはずの俺の配信に一万人が見に来ている。同接一万は、すごいことじゃないのか？

まさか俺が、人気VTuberの仲間入り⁉

しかし、
○噂の美少女VTuberを見に来ました
○声かわぇえ、これで中身も美少女とか最高やん！　ファンになります
○初めて来たけど、俺っ子なんか。俺の性癖ドストライクじゃねえの。合格だよ
○ケイちゃんって私服とかどんなの？　一万人記念で映してよ。手とか見たい。胸は大きいの？
「待って待って、みんななにか勘違いしているみたいだけど俺は、おと――」

俺は、男だ。

声こそ女声ではあるものの、リアルでの俺は、誰がどう見ても男子だ。

配信活動を始めたのもチヤホヤされたいとか、女の子からモテたいとか軽薄な理由で、世間一般的に思春期の欲求をたぎらせた男子高校生に他ならない。

そんな俺が、なぜか集まった視聴者たちから女子扱いされている。

いったい、なにがあった？

思い当たることは——あった。

ことの発端は多分、俺がVTuberとして活動するために、幼馴染みに作ってもらったアバターだ。

VTuber甘露ケイの親（VTuber界隈では、アバターをデザインしたイラストレーターをこう呼ぶらしいが幼馴染みをママだの呼ぶ気にはなれない）である幼馴染みのナズナは友人割引の格安報酬としてなんとパンケーキのおごり一回で、ハイクオリティなアバターを作成してくれた。

ネットで『VTuber　始める　金額』と検索すると、とても手の出ない値段が出て来ていたので、天才イラストレーターの幼馴染みには感謝しかない。

ないんだけれど、

『待って、ナズナ。俺、渋くてカッコイイ感じでってって頼んだよね!?』

『えー恵の声でそれは似合わないっしょ。そういうのは低音イケボの人がやるからいいんでさぁ』

俺は女声で、残念なことに外見もまだなよっとしている。おまけに本名も恵だから、小学生くらいの時はよく女子と間違われていた。だからこそVTuberでは男らしいアバターを使って、理想の自分で配信しようと思っていたのに。

『本物の恵そっくりで可愛いでしょ?』

『可愛いけどさぁ……全然似てないし、だってこれ美少女VTuberだよね』

幼馴染みの画力によってできあがったのは、まごうことなき美少女だった。

無理をすれば、ボーイッシュと言えるのだろうか。

肩にかかるかかからない程度にそろった、グレーの髪。スレンダーな体には凹凸は目立たず、細身の少年でも通る。ここまでは、実際、俺の特徴とも似ている。

けれども、くりくりした大きな瞳に、薄らと桃色に染められた頬や唇、その可愛らし過ぎる顔立ちは、やっぱり美少女でしかない。

『俺がこのアバターで配信したら……勘違いされない?　ほら俺、女声だし』

『勘違いされてもいいいんじゃない?　そっちのが人気出るって。やっぱVTuberって女子のが視聴者集まるって聞くし』

『そんなの嘘つくみたいで嫌だよ。女子のフリとかできないって！』

『ええー、恵の天職だよぉー。でも、だますのが嫌ならとりあえず性別不詳ってやつでいいんじゃないの？』

当時の俺はよく知らなかったのだが、この性別不詳VTuberというのは実際に存在するものだった。

VTuberに限らず、インターネット上での活動は自分の情報を隠して行える。

もちろん個人情報を守る意味でも重要なのだけれど、隠すことで、本来の自分とは違う自分を演じて活動できるのだ。

そういう意味では、素顔を隠してアバターで配信するVTuberは最たるものだ。

VTuberはアバターと声だけで配信する。アバターはデザイン次第で自由自在だし、声もごまかせるなら、性別すら隠す——あるいは偽ることもできる。

俺は男子高校生にしては中性的な、いわゆる女声だ。アバターも可愛いものを使えば、視聴者には本来の性別がバレないかもしれない。

嘘とか演技は苦手だけど、性別を隠すだけならできるだろうか。

『うーん、でもやっぱり気乗りしないなぁ。男らしい配信で人気になりたいし』

『じゃあさ、試しに一ヶ月だけ性別隠してやってみたら？　それで人気になったらラッキーでしょ？』

『一ヶ月……性別を言わないだけなら……まぁ』

『うんうん、それで恵も人気VTuberなろっ。目指せ登録者十万人だよっ！』

軽い気持ちで同意したら、勝手にすごいことを言われた。

『……十万は多過ぎない？』

『目標なんだし高くなきゃ。そんでがっぽりもうけて、しっかりお礼してよぉ』

『はいはい。ナズナのイラストレーターとしての宣伝にもなるし、せいぜい頑張るよ』

『よっ！　未来の人気VTuber！　期待してるよ、恵』

多分だけど、この時のナズナの提案は間違っていなかった。

特段しゃべりがうまいわけでもなく、ゲームだって得意ということもない俺の配信に、多ければ五百人以上と、想像以上にたくさんの人が来てくれたのだから。

軽いノリと下心で始めた配信だったけれど、やってみればそれ自体がとても楽しかったし、少しずつ視聴者が増えていくのはモチベーションになる。

俺はすぐVTuberに、配信活動にはまった。ナズナの出した『登録者十万人』なんて無謀な目標はさておいても、これからも視聴者を増やしていけたらいいなとは思っていた。

だからこの同接一万も、うれしい。うれしいんだけど。

○ゲームとかいいからもっと雑談して、趣味の話とか、好きな男のタイプとか

○彼氏とかいないよね?

○ガチ恋もいるのかよw　ケイはそういう女じゃねーから。ま、一見さんにはわかんねーかな

○こないだのオフ会、誰か男いたの?　そういうことしてないよね?

○昨日の感想配信楽しそうだったけど、やっぱ男V狙いだったの?　俺っ子で男受け狙ってないポンコツ美少女VTuberって聞いてきたんだけど?

来ている人の大半は、俺の今までの配信を見てきた人じゃない。いつもとまるで違う空気感とコメント量に、思わず圧倒されてしまう。

けれど配信している限り、ずっと黙っているわけにはいかない。

「え?　彼氏はいないけど……じゃなくて、オフ会っ!　感想配信っ!」

そうだ。この状況になった原因は、やっぱりオフ会と——その参加者たちで開いたオフ会の感想配信である。

もっとたどれば、オフ会のきっかけである『性別不詳組』ということになるのだろう。

2

　性別不詳組。

　俺と同じように、性別不詳VTuber四人の非公式グループ名だ。

　たまたま性別不詳で活動していた四人のVTuberを、ファンたちがいつの間にかそう呼び出した。コメントでそのことに気づいて、なんだかんだコラボ配信なんかもするようになって、気づけば半公式みたいなグループ名となっていた。

　配信活動を始めて良かったことはいろいろあるけれど、もし一番を決めるなら、性別不詳組のメンバーたちと仲良くなれたことだろう。

　中でもトモは、リアルでは友人がほぼいない俺にとって特別な存在だった。お互いVTuberで、リアルのことはなにも知らないけれど、間違いなく親友だ。

　トモ――VTuber藤枝トモは、俺と同じように性別不詳として活動しているが、これがまたはっきりとわかるくらい男子だった。

　俺だって性別を公言していないだけでほぼ隠していないようなものだから、視聴者も俺が男子だということは暗黙の了解だったろう。

　VTuberというのはある程度、キャラになりきって配信することが界隈での常識だ。実際に魔法使いでなくても魔法使いVTuberとして人気な配信者もいるし、他にも王子とか天使だっている。そういう百パーセント架空だってわかる設定もある。バレバレな性別を隠すことも、キャラ作りとしては珍しいことじゃない。

だから、トモも俺も、誰が見ても男性VTuberだけど、設定は性別不詳VTuberだ。

トモのやつも女声で、いや、俺が中性的な女声だとすると、トモなんかもう普通に女の子にしか聞こえない可愛らしい声だ。声だけで判断すると性別不詳どころか、ともすれば女性VTuberだ。

けれども、トモの中身は、やっぱり俺と同じ男子にしか思えない。

性別不詳組という呼び名が広まって、薄らと名前は認識していた。多分それが理由で、トモから一緒に配信——つまりコラボ配信しようと誘われたのだが、

『やっほ、ケイちゃんコラボ配信しよ！　今期の抜ける女キャラ格付けしようよっ』

初対面だったトモの第一声がこれだ。

こいつは、普段の配信からして下ネタやエロい話題ばかりで、普通にゲームしている最中にすら、とんでもないことを言ってくるやつなのである。

『今日はモンスターじゃなくて、この女トレーナーを捕まえる！　ボクは本気だ。ちなみに理由は、この子がすっごくエッチだから。いくぞお前らーっ‼』

とか言って、二時間くらい好きな女の子のタイプやシチュエーションを熱弁しながら、ゲーム内の女性キャラに体当たりし続けるという狂気の配信は、俺の記憶にも鮮明に残っていた。

こんなやつが性別不詳だって？　ありえない。どう考えてもエロいことしか考えてない男子だ。たまたま声が可愛いだけで、中身はエロガキのクソ坊主(ぼうず)に決まっている。

つまり性別を隠しているけれど、中身はあからさまに男子という完全に俺と同じだった。

意気投合した俺たちはVTuber同士、コラボ配信を何度もしたし、配信外で雑談したりゲームしたりすることもあった。

お互いプライベートなことは口にしていなかったけれど、二人とも都内に住んでいて歳(とし)も近いんだろうって、なんとなくわかるくらいにはVTuberとネットを通り越して親しい関係だった。

一度、たまたま出たローカルなラーメン屋の店名で、

『へっ、その店って鯛(たい)塩ラーメンの？　ボクも知ってるよ、行ったこともある。……家の近くだし』

『えっ、トモも⁉　本当にっ⁉　俺もこの店、近所で……』

家がかなり近い、ということも判明していた。

それでもネットでのリテラシー的なこともあって、俺はそれ以上深くは追及しなかったが、内心はもっとトモとリアルの話がしたかった。

トモ以上によく話す相手は、リアルでも家族と幼馴染み以外いない。

ネット越しの関係で、顔も見たことがないし、正確な年齢もわからないけれど、トモはもう俺にとって間違いなく親友だ。

直接会って、リアルでも話したいし、遊びたい。男友達がいなかった俺は、同性との青春的な遊びに飢えていた。ゲーセンとか、ボウリングとか、バッセンとか。ネット越しにゲームするのも楽しいけれど、そういう場所で思いっきりはしゃぎたかった。

そんな気持ちをフツフツと煮えたぎらせていた俺は、トモの突然の提案にもつい手拍子で受けてしまった。

その日は、二人でコラボ配信した後、いつものように配信を切ってからダラダラと通話していた。配信時間よりも、その後の雑談が長いのはもはや恒例だった。

『ケイちゃんって、オフ会とか興味ある？』

『えっオフ会！　興味あるよっ！　行くよ！』

勢いよく答えたけど、はっと、我に返る。

軽はずみにオフ会なんてしていいのか。だって、VTuberなのに。

『……でもいいのかな？　VTuberなのにオフ会って』

『オフコラボ配信とか普通にあるからいいでしょ。来るのは、みんなVTuberだし身バレも心配しなくていいよ』

『え、みんな？』

『性別不詳組のみんな』

てっきり、俺とトモの二人で会うのかと思っていた。

性別不詳組のみんな——俺とトモを除くとあと二人、アマネさんとミィさん——とは仲がいい。性別不詳組なんてグループ名が生まれたこともあって四人でコラボ配信することも多かった。

四人で、オフ会。楽しそうなのは間違いないけれど、

『性別不詳組のみんなだったら、余計にオフ会したらマズくない？』

性別不詳組のメンバーは、みんな声や配信内容だけでは性別がわからない。だから性別不詳組なんて呼ばれているわけだ。

しかしオフ会をすれば、性別がわかってしまう。

俺だって（そもそも言っていないだけで隠してもないけど）リアルで顔を合わせれば、男子だというのがまるわかりだ。

トモも、女声で、アバターこそ可愛い女の子みたいだけれど、リアルでは俺と同じで普通の男子だろう。

俺たちは隠していないようなものだけど、あとの二人は本当に性別がわからない。配信外でプライベートな雑談もするけれど、それでも性別のはっきりしない二人だ。

そんな二人の性別が、バレてしまっていいのか。

『アマネさんとミィさんは、オフ会に賛成なの？　トモが無理矢理誘ったんじゃないよね？』

『ひどいなぁ。ボクがそんなことすると思う？　言っとくけど、企画したのはもともとアマネっちだから。ミィ君も乗り気だったしね』

『え、アマネさんが？　ミィさんも？　……それならいいのかな』

トモが言う通りなら二人とも、性別不詳組には性別を隠さなくてもいいということだ。

俺も性別不詳組のみんなには、元からほとんどない警戒心がさらに下がっている。

配信中なら言わないことも、うっかり口にしてしまう。近所のラーメン屋の話もそうだ。トモ相手だと、本当にボロボロと個人情報まで出してしまいそうだ。

他のみんな（トモもふくめて）も、俺と同じく気を許してくれているのだろう。オフ会を機に性別のことも隠さず、もっと仲良くなれるかもしれない。

そう思うと、初めてのオフ会だけれど、不安が薄れて楽しみになってきた。

それでも、リアルでもみんなと今まで通りの関係を続けられるか少しだけ心配だった。

やっぱり、どうしても実際の顔を知ってしまうと印象が変わってしまう。

（大丈夫だよね？　俺、普通に男子高校生だけど、がっかりされないよね？）

まさか性別不詳組のみんなが俺を女子だと思っているなんてことはないだろうが、普段可愛らしいアバターでVTuberしているとリアルの自分との差が大きすぎてだましている気分がある。それなのにオフ会で「はいどうもーっ俺がリアルの甘露ケイでーす」など堂々と参加していいのだろうか。

（せめて美少女アバターに負けないくらい、リアルの俺がイケメンだったら……）

性別不詳組のみんなは配信者仲間だから、リアルとVTuberで違うのはお互いさまだと理解があるはずだけれど、それは表向きの話だ。

内心はやっぱり、自然とリアルの相手を想像してしまう。

がっかりするなんてこと、ないと思いたい。だけどちょっとしたことで仲良くなるどころか、以前より距離が開くなんてことが、絶対にないとは言い切れない。

『あのさ、トモ。……俺がイメージと違っても――』

言いかけて、俺はかぶりを振った。配信外でアバターは表示させていないし、カメラはつけていない。トモには伝わらないけれど、そのまま両頬を叩いて目を覚ます。

『会えるの、すっごく楽しみだよ！　前から、リアルでもトモと仲良くなりたかったんだ』

『け、ケイ……っ！　なにその、恥ずかしい感じの。……うれしいじゃん』

『まぁ、トモは置いといて。他の二人はどんなんだろうなー。リアルの二人は想像つかないよ』

『ちょっとケイちゃん、ボクより二人と会う方が楽しみってこと？　今さっきのすっごく楽しみはなんだったの？』

むくれるトモに、俺は笑った。少なくとも、トモ相手に余計な心配はいらない。俺たちは顔を合わせる前からこんなにも仲良しなんだ。

『ケイちゃん、オフ会だからってエロいこと考えてない？』

『エロいこと!?　考えてないって。なんだよオフ会だからエロいことって』

『ふぅーんっ、どうせケイちゃんみたいな冴えない君はリアルでも出会いとかないだろうし、可愛い子がいたらあわよくばとか考えてるんでしょっ、ボクにはお見通しだっ！』

「いやいや、それトモだよね？　俺はそういうのは全然――」

全然これっぽっちもない――というのは、さすがに嘘だった。

だって今でこそ純粋に配信を、VTuber仲間との交流を楽しんでいる俺だけど、最初は下心で始めていたわけで。

トモはないとして、アマネさんとミィさんの二人が女性である可能性はある。

昨今、ネットでの出会いから交際に発展することも珍しくないと聞く。

VTuber同士でも、ネットでの出会いには変わりなく——。

（って俺はなにを考えているんだ⁉　配信仲間だぞ！　リアルで会って、相手が女性だったからって態度変えるとか最低だよっ）

俺の下心へ追い打ちをかけるように、トモがにらみを利かせてきた。通話画面に映るのはピンク髪の可愛いVTuberアバターのアイコンだけど、気分的に。

『言っとくけど、アマネっちとミィ君の二人がイメージ通りってわけにはいかないかんね、妙な期待しないこと！　これオフ会の鉄則』

『……え、もしかしてトモってオフ会経験者？』

偉そうなトモだったが、『ううん、初めて……だから優しくしてね』と答えたので椅子からずり落ちそうになった。

『でもそうでしょ？　リアルで会ったら、VTuberの時とイメージ変わっちゃうし……それでも、ケイとだったら会って、もっと仲良くなれるってボクも……』

トモも俺と同じ気持ちだったようだ。不安も、期待も。

『心配ないって、トモはトモだよ』

VTuber 藤枝トモは、可愛らしい子供のような声にピンク髪というかにもな見た目だけれども、俺にとってはエロガキでしかなく、リアルでどんな外見でも親友だ。

しかし、第一回 VTuber 性別不詳組のオフ会、都内のとあるカラオケボックスに集まった四人は、俺以外全員が女子だった。

――トモはっ！　トモはどこへ行ったの⁉　なんで、全員女子なの⁉

3

カラオケボックスの一室、四人で使うにはだいぶ広いパーティールーム。

俺は、革張りのソファーの端っこに座って固まっていた。

(え？　えっ？　えええええ⁉　なんで、なんで女子しかいないの⁉)

集合場所を間違えたのか、本当に性別不詳組のオフ会なのか。今回の幹事であるアマネさんからもらったメッセージを見返す。

場所も時間も間違っていない。ノックして部屋に入るときも「どうぞ」と言われた。先について座っていた三人を見て、「あれあれ？」って戸惑ったけれど、「好きなところに座って」と言われて今にいたる。

性別不詳VTuberが女性か男性かは純粋な確率の問題だとすれば、四人集まって俺以外の三人が全員女子という可能性もあるのだけれど。

（いやいや、おかしくない？　俺以外にも男子いるよね!?　だって——）

幼馴染みでVTuberに詳しいナズナが言うには、『VTuberは基本女子のが人気出るし、性別ごまかしてやるのは基本男子。どうせ、全員ネカマでしょー。だから性別不詳組だっけ？　仲良くなっても気をつけな？　好きになった相手が、実はおっさんとか悲惨だよー』とのことだった。

だから変な期待は抑えて、実際には全員男子なんてことがあっても驚かないと身構えていたくらいだ。

それにトモだって——。

『どうせ、ケイちゃんはアマネっちのこと巨乳だって期待してるんでしょ？　このスケベ。ま、アマネっち声が巨乳じゃん。ケイちゃんの気持ちもわかるけどさ』

『言いがかりだよっ。トモこそ妄想まではいいけど、実物のアマネさんに会っても変なことしちゃダメだからね！』

エロガキが勝手に配信仲間の胸部を思い浮かべて、ニヘラと笑うのを注意する。でも正直なことを言うと、俺のアマネさんのイメージも大学生のお姉さんで、強いて言及するなら胸も大きい。

アマネさん──VTuberのアマネ・エーデライトは、取り留めのない言動にぽわぽわしたしゃべり方で包容力にあふれていることが評判の配信者だった。

一見すると女性らしさが強いのだけれど、天使をモチーフにしたアバターと、「アマネ」という名前呼び一人称に落ち着いたしゃべり方がどこか性別をはっきりさせない。

『変なことね。ケイちゃんやっぱり、アマネっちのこと女子大生のお姉さんかなんかだと思ってるじゃん』

──思っていた。

ただ言い訳するなら、これに関しては単なる俺の妄想ではない。

アマネさんは大人びていて頼りになるけれど、正直ちょっと抜けている。

俺とトモがどれだけ親しくなっても、どこか守るべき一線みたいなものがある中で、アマネさんはうっかりなのか隠そうともしていないのか、

『アマネは世田谷に住んでいるんですけどぉ、みなさんはどこらへんなんですかぁ？』

と配信外ではあったけれど、俺たちとの通話中に平然と住所の話題を口にした。

他にも自分の年齢や、大学生であること、幼少期からピアノを習っていて家には演奏用

の防音室もあることなんかを本人の口から聞いている。

　それもあって、アマネさんは世間ズレしたお嬢様で、胸の大きい女子大生のお姉さん（音大生）というイメージがある。

『あのさ、ケイちゃん。アマネっちはどうせおっさんだよ？　太ったおっさん』

『おっさんはないって！　性別はともかく大学生だってのは、本人が言ってたよ』

『ないから、女子大生のお姉さんはVTuberやって配信者仲間とオフ会しようなんて思わないから。あれはどう考えても、ワンチャン可愛い女の子と知り合いたいって下心いっぱいの太ったおっさん』

　確かにアマネさんが本当に女子大生のお姉さんだとしたら、トモのようなエロガキ（俺も同カテゴリーの可能性あり）とのオフ会を提案するだろうか。

　いやでもおっさんって――あの心優しいアマネさんが、配信外で嘘をつくとも思えない。

『そもそも、そんな嘘ついてなんの得があるの。オフ会したらバレるよね？』

『撒き餌みたいなもんでしょ。ケイちゃんみたいな初心な子をだまして、部屋につれこもうとしてんじゃない？　最初からおっさんだってバレてたら警戒されるし』

　トモがとんでもなく失礼なことを言う。

　もちろん、数ヶ月とはいえ配信内外で交流してきたアマネさんが、女子をだまして悪さする人間とは考えられない。ただ大学生とは言っていたが、一言も女性だとは言っていなかった。あくまでアマネさんが性別不詳というのは、配信外でも守られている。

住所の話をしてきたのも、最初からオフ会したいという狙いがあったと考えることもできる。現に全員が都内住みだとわかったから、オフ会を企画したらしい。

さすがに『オフ会をしたがる人間＝やましいことを考えている男性』というのはひどい偏見だけど、どんな相手が来るかわからないオフ会を女性が警戒するのはわかる。

（やましい考えでオフ会を提案してなくても、アマネさんが男の人ってことはありえるかな？　陽気で天然なお兄さん大学生とかなら、一応イメージもできる）

優しい年上の先輩。女性にしても男性にしても、アマネさんはそんな人だろう。

そんな心積もりで、今日のオフ会へ臨んでいたのだけれど——。

正面に座っていた女性がしゃべる。

「全員そろったわね。リアルで会うのは初めてだから、改めて自己紹介しましょうか」

どこか気怠げで、変声期前の少年のような声は、聞き覚えのあるものだ。

声だけなら、一番近いのはアマネさんだった。

自己紹介をしようという、幹事らしい仕切りからも、目の前の女性がオフ会を企画したアマネさんなのではないかと推測できるけれど。

「まずは、わたしからでいいわね」

そう言ってオフ会参加者を見回すのは、おっとりしたお姉さんでも、陽気なお兄さんでもなければ、もちろん太ったおっさんでもない。

外見からするとどう見ても女性――というか……女子小学生だった。

百五十センチもない小柄な背丈に、癖なのかパーマなのか少し広がるように跳ねて腰まで伸びたピンクブラウンの髪。あどけない顔と、それとは対照的にどこかませた意志の強そうな表情。大きな瞳はどこか悠然と集まった面々を見渡すように、じっとりとした半目であった。

どこか生意気そうな、けれど表情には大人びた雰囲気がある女子小学生。

彼女の印象をまとめるとそうなるのだが、アマネさんのイメージとは完全に真逆だった。

まず大学生じゃない。

もしかすると――彼女はトモなのか⁉　トモは俺と同じ男子のはずだけど、ここにいるのは俺以外全員女子。そうなると、性別を除くと一番特徴的にありえるのは、この生意気そうな小学生だ。声はマイクを通すと印象が変わるし、この子がトモに違いない。

（エロはわからないけど、ガキではある。……いや、ガキって言うと、途端に失礼だな）

俺の推理に、小学生が答えを告げる。

「幹事のアマネ・エーデライトです。今日は集まってくれてありがとう」

「アマネさんだったの⁉」

予想が一瞬でハズレて、俺は目の前のテーブルに思わず突っ伏してしまった。

「なにその反応、文句があるわけ？」

「いやそのっ、文句ってわけじゃないけど……アマネさん、大学生じゃないのっ⁉」

「わたし、大学生だけど」

「えええぇ⁉」

俺は、さっきよりも大きな声で驚いてしまう。

（嘘でしょ？　だって小学生に見えるよ）

疑りが顔に出てしまったのだろう、アマネさんにギロッとにらまれる。

「なんだったら学生証見る？」

身分証の提示を求めるつもりまではないけど、

「それに、普段と全然キャラが……」

俺の知っているあのふわふわした優しげな天使はどこへ行ってしまったのか。こんな不機嫌全開の小学生がアマネさんだなんて、簡単には信じられない。

「それは悪いけどキャラ作ってたから」

「キャラ作りだったの⁉」

「……素であんな人間がいると思っていたの？」

小学生にしか見えない相手からさげすまれる。

「でも、配信外で話した時もあれだったよね⁉」

「どこからバレるかわからないし、普段は配信者相手にも隠しているの。……今日はオフ会だし、あなたたちならいいかって思ったんだけど」

それで普段のあの優しいお姉さんキャラを捨て、このぶっきらぼうな小学生に——なんでなのっ！　帰ってきてよ、ゆるふわなアマネさんっ！

声は同じなのに、しゃべり方のトーンでまったく印象が違う。

悲しむ半面、アマネさんが俺たちに心を開いてくれているのは嬉しい。

つかみどころのない言動もあって、俺はアマネさんと正直どれくらい親しい間柄になれているのかわかりづらかった。全員と分け隔てなく親しいけれど、その分ある程度は誰とも距離を作るタイプに見えた。

そういうところも優しいお姉さんで、俺は好きだったんだけど。

「……くっ」

なんだか、勝手に失恋した気分だった。優しいお姉さんなんて、実在しないんだ。

「あっ、次、令がやりまーすっ！」

俺の横から、ハスキーっぽさを残しつつも明るい声が弾んだ。

「令も普段キャラがんがんつくってたんで、自己紹介どしよっかなーって悩んでたんですよねーっ！　アマネ先輩に倣って素でやらせてもらいますねっ！　アタシ、西蓮寺令です。よろしくでーすっ」

金髪なのか明るい茶髪なのか、ともかく目に刺激の強い髪色と、派手な服装はパッと見でギャルだった。肌が白くて、オシャレなお姉さんだ。

しかも立ち上がって自己紹介を始めた彼女は、背もスラリと高い。小学生にしか見えなかったアマネさんの後だからか、かなり大人っぽい女性に見える。服装のせいか、スタイルの良さも強調されていた。

聞き覚えのあるこの中性的なイケボは、ミィさんのものだけれど。

「待って、まず西蓮寺令……って誰？」

「あっ、いっけない！　令、思わず本名言っちゃいましたっ」

そう言って彼女は、あっけらかんと笑う。

「それより、胸見過ぎじゃないです？　あはっ、令は全然オッケーですけどねっ」

「見てないよ⁉　そりゃ視界には多少入ったけど！」

「ぬぇーっ、正直に言ったら、ちょっとくらい触らせたかもですよ⁉」

（胸をっ⁉　なんてことを言うんだ、このギャル。大人だからって俺をからかって。……噂には聞いていたけど、やっぱギャルってそうなの⁉）

　トモが以前、『ケイちゃん知ってた？　ギャルはエッチなことにもオープンだから、簡単に体を許してくれんだよ！　みんなスケベなんだ』とふざけたことを言っていた。

　リアルでは初対面の相手に胸を触らせるなんて、攻めたエロい発言――もしかして、トモか？　いやでも声は全然違うけど、エロと言えばトモだ。

「あれ、そんな悩んで、もしかして本当に令のおっぱいに興味があります？」

（このハスキーな声はミィさんだけど、ミィさんはおっぱいとか言わないよ！）

　ミィさん――VTuberの三宅猫ミィは、少しキザでクールな言動に、耳元で反響するようなハスキーでやわらかな中性的イケボが評判の配信者だった。

　アバターも王子キャラで女性人気がかなり高い。ただその一方でその王族らしいグラデーションの入った金髪には愛くるしい猫耳も生えていて、時たま配信中に見せる素のふるまいが可愛らしいと知られている。

　中性的な男性なのか、イケメン女子なのか。ファンたちの間でもミィさんの中身の性別については、意見が分かれている。

しかし、こちらもオフ会前のトモ談では――。

『ミィ君はヤリ○ンだよね。あれは相当食ってる』

『や、ヤリチっ⁉』

『あはっ、すっごい驚くじゃん。声とか言動からして間違いなくそう、あれでわかんないとかケイちゃんもしかして処女？』

トモのふざけた言葉を無視するが、実際俺も、ミィさんの性別はどちらかと言われると男性なんじゃないかと思う。

ミィさんは俺と違って女性ファンも多い。それこそ、本当の性別も男で、普段からモテているということではないか。

ただミィさんと話していると、不思議と距離をつめられてドキドキしてしまうことがあった。思春期男子の俺は、それだけでミィさんはやっぱり女性じゃないかとも揺らいでしまう。

こういう魅力があるから、ミィさんは単にイケメンVTuberではなく、性別不詳VTuberなんだろう。

本人も、『オレは王子だから、男でも女でもないんだよ』なんて冗談めかして言っていて、性別ははっきりしていない。

ただトモの中では、ミィさんは女子に見境なく手を出す男で確定のようだ。

『ケイちゃんも気をつけなよ？　オフ会で油断したら、部屋つれこまれるかも』

『またそれ？　ないって』

『ただおっさんと違って、イケイケでヤリヤリなパリピ大学生のミィ君はテクがあるから。ホストの可能性もあるな。ケイちゃんなんて、気づいたら部屋でずっぽしじゃん？』

『なに知ったようなことを……』

真に受けたわけじゃないが、トモのくだらない話のせいで、性別についてはイーブンだった俺にもチャラついた男のイメージが植えつけられていた。

俺は男だから、部屋につれこまれる心配はない。むしろ、本当にテクというものが存在するなら教えてほしいくらいだ。悪用するつもりはないけれど、後学のために。

そんな的外れな期待はさておいても、このギャルの正体は――。

（エロいなら……トモだ。初対面の人をエロって言うとすごく失礼だけど）

俺の推理に、ギャルが答えを告げる。

「西蓮寺令、改めましてっ三宅猫ミィでーすっ！　リアルだと自分のこと令って名前で呼んじゃうんで、元からあんまり隠すつもりなかったんですけど、アマネ先輩と同じで、みんななら隠さなくていいかなーって感じでーっす」

「くっ……やっぱりミィさんなのか……っ」

ミィさんがギャルだったことも、このギャルがトモでなかったことも、俺を複雑な心境にさせた。俺が思わず拳を握りしめると、ミィさんを名乗るギャルが唇を尖らせた。

「なんでそんな残念そうな感じなんですかーっ？　そういうリアクションされると、令傷つくかもです」

「残念じゃないよっ！　でもVTuberのミィさんってカッコイイし、女性だと思ってなくて……」

「あはっ、カッコイイって言ってもらえるのはうれしいですけどーっ。令はいっつも理想の王子様っての演じてVやってるんですよねーっ」

チャラついた男子大学生を想像していたところ、こんなキャピキャピギャルが出てくるなんて。ある意味では惜しい気もするし、真逆のような気もする。

とにかく、想定と現実のギャップについていけない。

「どうしたんですー？　令が可愛い女の子で意識しちゃいました先輩？」

「しっ、してないけど、……その『先輩』ってのはなんなの？」

「実年齢は令が一番年下かなーって。令、中三なんですけど、違いました？」

「えっ⁉　中三……⁉」

この体で（身長のことだよ？）、中学生だというのか。

年々子供の発育が進んでいるというのは聞いていたけれど、目の前のギャルが年下で、しかも中学生というのは、にわかに信じがたかった。

アマネさんが見た目小学生の大学生で、ミィさんが中学生ギャル。

この二人、VTuberの時とのギャップだけじゃなくて、単体でも個性が強すぎないだろうか。

だが、そんな二人のことはさておいて――。

「待ってよ！　じゃあ、トモは……!?」

オフ会に来ているのは、俺とその二人を除けばあと一人。

普通に考えれば、最後の一人が俺の親友トモということになる。

なるんだろうけれど。

「…………っ！」

最後の一人。うつむいていた女の子と一瞬だけ目があった。

先ほどからチラリと視界に入るだけでも、感じていたことなのだが――。

（この子がトモってことは……ないよね？　だってこの子……）

すっごい美少女だった。

それも、外見だけで言えば、清楚っぽい。

親友でエロガキのトモのイメージとは、完全に、完膚なきまでに真逆だった。

4

俺とは対角線上の端っこ、一番奥まった席に座る物静かな美少女。

彼女は先ほどから、俺やアマネさんとミィさんを自称するロリとギャルがワイワイやっている中、ストローをくわえて無言でオレンジジュースをすすっていた。

時折視線を感じていたけれど、俺が見るとさっと目線をそらされていた。

(もしかして、俺にしか見えていないのでは？　あんな美少女、見たことないし)

とまで思っていたくらいだ。

透き通るような白い肌も、長い黒髪も、大きな瞳も、芸能人だかアイドルだか、あるいはそれこそVTuberが画面から飛び出して来たレベルの美少女だった。

絵に描いたような清楚な美少女。

(この部屋に入って、最初にこの子はトモじゃないって候補から外していたけど……)

俺は冷静に状況をふりかえる。

性別不詳組の四人でオフ会を開いた。集まったのは、予定通り四人。先に自己紹介を終えたのは、アマネさんとミィさんだ。この二人も俺の予想からかけ離れたリアルの姿を見せてくれたわけだが。ともかく、俺以外で自己紹介を済ませていないのはトモだけだ。

でも、トモは——。

『ケイちゃんって普段オカズなに系使うの？　清楚女子洗脳とか好き？』

『えっちょっ！　トモ、配信中になんてこと聞くの⁉』

コラボ配信で、人気のレースゲームをしている最中だった。なんの脈絡もないエロ話題に、俺は危うく逆走しかけた。

『急に知りたくなって……いいじゃん、教えてよ。気になると、集中できないんだって』

『お願いだから、そのまま壁に激突してっ！』

正気を取り戻してほしい。

だけどトモがエロネタを脈絡なくかましてくるのは、むしろ平常運転だった。トモが訳わからないエロいことを話し出して、俺がツッコミを入れる。

（そうだよ、トモは誰から見ても文句のつけようのないエロガキなんだ……っ！　親友の俺が一番わかっているんだよっ！）

トモは可愛らしいピンク髪のロリアバターとは似ても似つかぬイガグリ坊主の男子高校生、本名は友也で、「おいおい、お前そんな顔してあんな美少女VTuberやってたのかよ」

「ケイこそ、詐欺だろ！　全然男じゃん」なんて笑い合いながら、俺たちの青春は、ネットからリアルへと広がっていく。

（そういう予定だったよね⁉　トモ、それなのにどうして……っ）

この美少女がトモなはずがない。友也はどこだ。

俺は相手が美少女であっても、この子がトモになにかしたというのであれば徹底抗戦するつもりだ。しかし本物はどこへ？　おそらく、トモはこの子があまりにも美少女過ぎて目があっただけで鼻血を出してどこかで倒れているのではないか。そうなるとこの子は誰なんだ？　もしかして、妹とか。「兄の友也は体調を崩してしまって、代わりに私が……」と。いやいや、トモの妹がこんなに可愛いわけないよ。

（結局トモはどこでっ、この子は何者なんだっ！）

俺の苦悩をよそに、美少女は頬を赤らめて、どこか視線をさまよわせている。

（なんだその可愛い顔はっ⁉　悪いけど俺は美少女よりトモに会いたいんだよっ！）

「それで、次はどっちが自己紹介するの？」

アマネさんを名乗る小学生——いや、彼女の言葉を信じるなら、大学生で、本物のアマネさんなのだけれど——が、俺と美少女に聞く。

俺は本物の甘露（かんろ）ケイだという対抗意識で、我先にと立ち上がった。

（でも俺がみんなの違いに驚いたのと同じで、VTuber の甘露ケイとリアルの俺は全然違う。裏切られたって思われるかも……）

勢いを弱めて、少し腰を下げる。自信満々で自己紹介するのもおかしい。

「俺もそのっ……VTuber の時とはイメージが違うので、びっくりだと思うんだけど……」

そもそも俺の当初の予定では、俺とトモの二人で「二人とも VTuber と全然違うじゃんーっ、かけらも似てなくてむしろ笑えるしっ」というオチ担当のつもりだったのだ。

前の二人が想像以上に VTuber の時と違っていたせいで、「ちょっとちょっと！」みたいな態度をとってしまったけれど、俺だって性別不詳の美少女 VTuber のくせしてリアルではパッとしない男子高校生である。

身の程をわきまえて、もっとつつましくしておけば良かった。

後悔しても遅いので、できるだけ手短にすます。

「甘露ケイです。よろしく」

俺もみんなからツッコミを入れられるんだろうか、と防御姿勢を取っていると。

「ケイ先輩、イメージ通り過ぎてウケますねっ。逆にびっくりなんですけど」

「……あなたがケイなのは、わかっていたけど……あなた、男よね？」

ケタケタと腹をかかえるミィさんと、目を細めるアマネさん。

「えっ、ん？　見ての通りだけど……？」

「本当に？」

「いや、だからアバターは可愛い感じだけど……あれはちょっとした手違いで！　だいたい俺、配信でも配信外でもわりと素だったから、男子ってわかってたよね⁉」

「……ちょっといいかしら」

ひょこっと立ち上がると、アマネさんは俺の前まで移動してきた。

「アマネさん？」

座ったままの俺と目線が同じくらいの相手を、アマネさんと呼ぶのはまだ違和感があった。けれどそんなことよりも、彼女は突然俺の胸部――というか、胸に手を当ててきた。

「確かに、ないわね。下着もつけてない」

「ななな、なにするの⁉」

「……男ならいいでしょ？」

「そういうの関係ないよっ！　性別に関係なくセクハラはあるんだよっ⁉」

俺が叫んでも、アマネさんはちっとも表情を変えない。それどころか胸をもんでいた両手がすっと下がり――。

「ふぅん、そうね。腰まわりの骨格的にも男ね」

俺の腰をなでまわしながら、アマネさんが言った。

「骨格⁉　そんなんでわかるの⁉」

「脱いでもらえれば、もっとわかりやすいけど」

「なにを言って――っ‼　だから顔見ればわかるでしょ、男って」

「へその話よ。へその形や位置を見れば、だいたい性別がわかるのよ。知らなかった？」

知らなかった。

女性のへそをそんなにまじまじ見ないし。

「あはっ、ケイ先輩めっちゃ面白ですねっ。Vの時から可愛いって思ってましたけど、リアルのが可愛いとかお腹痛いですよっ！」

「俺が可愛い⁉　それを言うならミィさんの方が――」

イケメンだと思っていたのに、リアルではギャルで、しかもこんな可愛い女の子なんて思わなかった。

というのはさすがに言えない。女子に可愛いとか、面と向かって言えるほど俺はキザじゃない。VTuberの時のミィさんなら、キザな王子らしくさらりと言えるだろうけど。

「あっ、先輩、令のが可愛いって言おうとしましたーっ？」

言わなかったのに、バレた。なんでだ。

「ケイ先輩、そんなこと言って……もしかして、令のおへそ見ようとしてます⁉　じゃあ、令が男の子と女の子のおへその違い教えてあげましょうか？」

「なに言ってるのっ⁉」

「むふっ。なーんて、令も男子のおへそに詳しいわけじゃないんで、男の子のことはケイ先輩が代わりに教えてくださいねっ」

俺は反射的に、バッと、腹を隠した。

「もー、令は無理矢理脱がしたりしませんって。するならムードつくって、自然とねーっ」

「もういいでしょ！　ほら、もう俺の自己紹介終わりっ！」

いろいろあって心臓がバクバクしている。深呼吸してから、顔が近いギャルのミィさんを威嚇して、ロリなアマネさんにも席へ戻ってもらった。

「じゃ、次は……いいかしら？」

アマネさんの視線が、最後の一人へ向く。

見れば、正体不明の美少女はうつむいたまま立ち上がっていた。しかもなぜか片手にはマイクが握られている。

しばしの間があって、彼女がやっと顔をあげると。

——えっ、なんかすごく怒ってない？　なんで？

美少女は頬をふくらませ、見るからにむくれたまま——なぜか、俺をにらみつけている。

5

「わっ、わっ、私がふふぇふぁっとみょでふっ！」

キーンとマイクをハウリングさせながら、彼女が叫んだ。

（え、なんて？『私が藤枝トモです』って言ったの？　こんな清楚な美少女がトモだって？　トモはエロガキで男子なんだよ。嘘をつくなっ！）

「ひょっ、ひょろしくお願いします……っ！」

さっきよりは聞き取れる声でそう言うと、彼女は頭を下げた。あまりにも深々下げるから、そのままテーブルに頭をぶつけている。

「ひたいっ」

思わず胸をしめつけられる声と仕草に、俺は現実を受け入れられない。

しかし、彼女の声は認めたくないがトモとよく似ていた。トモの、女子にしか聞こえない綺麗なソプラノボイス。

——本当に、トモなの？

「で、でもイガグリ坊主の友也は？　あ、わかった、友也の妹の知美ちゃん？　お兄ちゃんの代わりに来たとか……」

「だだだっ誰みょ知美って⁉」

「えっ、友也の妹で、兄とは似ても似つかぬ美少女の……」

　というか今話している美少女のことだった。

「ま、また他の女の子⁉　ケイにやっとリアルで会えたのに……しゃっきから私以外の女子にばっかり鼻の下伸ばひてっ‼　ケイなんてもう知らないもんっ！」

「えええぇ、俺⁉　俺なんかしたの⁉」

　止める間もなく、謎の美少女が部屋を飛び出してしまった。

　あっけに取られていると、アマネさんとミィさんがそろってため息をつく。

「ケイ、あなたは落ち着きなさい。どうしてトモが興奮しているか知らないけど、あなたまで動揺してどうするの」

「ケイ先輩、よくないですよ。イメージと違ったみたいの、女子として言われたら傷つきますってー。女の子はシンデレラじゃなくて、ガラスの靴なんです」

「……うっ、はい」

おかしな話だけれど、優しく諭してくれるアマネさんと女子の扱いを語るミィさんは、VTuberの二人と重なって見えた。

二人が言う通りだ。

俺は自分の気持ちばっかりで、リアルのみんなを全然受けとめようとしていなかった。アマネさんがロリでも、ミィさんがギャルでも、それが二人の本当の姿だというなら、俺はちゃんとそんな二人を知って、これからも仲良くしたい。オフ会に参加したのも、リアルでもっと仲良くなるのが目的だったからじゃないか。

トモが、美少女でも。

「俺、捜してくる！」

「そうして。……あと、最悪でも持ってったマイクだけは取り返してきて。備品だから」

「ちゃんと本人も連れて戻るから！」

俺はそう断言して、部屋を出た。

——トモは、俺の親友だ。リアルがどんな姿でも、それは変わらない。

心に決めていたはずなのに、美少女が出てきただけで取り乱して情けなかった。俺とトモとの友情は、リアルの性別が違ったからといって変わるものじゃない。

全力で捜すつもりだったけれど、トモはすぐに見つかった。

部屋を出てすぐ、ドアの真横の壁を背にして、うずくまるように体育座りしている。

(いや近っ！　見つかって良かったけど、飛び出したわりに近いところにいたなぁ……)

落ち込んでいるトモへの罪悪感と拍子抜けが入り交じって、少し気まずい。

「トモ？　トモ……なんだよね？　ごめん、俺どうかしてた」

俺に気づくと、膝の上に埋もれていた顔がわずかにこちらへ向いた。上目遣いで、思わず、息が止まりそうな程の美少女だ。

でも、彼女はトモなんだ。俺が勝手なイメージを持っていただけ。俺は彼女の顔を見て「トモ？」ともう一度呼びかけた。イガグリ坊主(ぼうず)のエロガキ友也(ともや)が、俺の中で薄れていく。

でも、河原で友也と笑ったことはずっと忘れないよ。

美少女は――トモは、かすれた声で言う。

「……私こそ、ごめん」

「えっ、トモが謝ることなんてないよね？　悪いのは俺で、本当にごめん」

「違うよね……私……ケイの思ってた、トモじゃなかったよね」

「そ、そんなことは――」

否定するのは、嘘になる。

俺を見上げるその顔は、あまりにも可愛くて、全く想像もしていなかった美少女だ。言葉が喉に引っかかる。でもグッと押し出した。友情パワーだ。トモは俺の親友だ。

「正直、びっくりした。……だけど、トモはトモだから」

「ケイ……っ」

俺を呼ぶ声は、弱々しいけれど、やはり俺の親友のものだった。

「ほら、立って部屋に戻ろうよ」

特に考えもしないで手を差し出したけれど、トモは俺のその手を見て固まってしまう。

（もしかして、異性相手だから警戒されているっ⁉）

トモとはいえ美少女相手に、俺はなんの考えもなく手を出してしまった。引っ込めるべきか困っていると、

「……こっ、これからも……仲良くしてくれる？」

トモの細い指が、そっと俺の手に触れた。

「もちろんっ！」

「私のことも、かまってくれるの？　……アマネっちや、ミィ君ばっかじゃなくて？」

「待って、誤解だよ。だって俺、今日ずっとトモのことしか頭になかったくらいでっ！」

なんでトモがいないのか、いるのなら誰がトモなのか。そればかり考えていたのだ。

「こっここ、こっ、こばんっ⁉」

トモはなぜか急に江戸時代の貨幣を口にして、耳まで真っ赤になる。

小さな声で「嬉しい」と言ってから俺の手を握ってくれた。俺はぐっと力を入れて、トモを引っ張り上げる。スカートがふわりと浮いて、白く細い脚が視界にチラつく。

「トモ、これからも……よろしくね！」

俺は雑念を払うように、握ったままのトモの手を大きくブンブンと上下に振った。親友の握手だ。

「う、うんっ」

お互い、気恥ずかしそうに笑った。それから手を離そうとしたのだけれど、

「……やっぱり、ケイは男の子なんだね」

と俺の手を触りながら、トモがつぶやく。

(今更なんだ、顔見ればわかると思うんだけど……)

そもそも俺はトモを同性だと思っていたが、トモの方はどうなんだ？　まさか俺を同性——女子だったと思っていた、なんてこともあるのか？

そうだとすれば、俺のリアルでの性別に驚いてトモが挙動不審だったのもわかる。

（俺はVTuberでも素で男子そのままだし、女子とは勘違いされないと思うけど……）

しかしあの慌てふためき様は、ただ事ではなかった。

仮にそうだったとしたのならば、トモは男子である俺を、戸惑いながらも受け入れてくれたのかもしれない。この握手は、そういうものなんだと思いたい。

（なんにしても、トモと握手できて嬉しい。……嬉しいけど、ちょっと長いな）

俺の手は、トモの白い手にニギニギともみこまれていた。トモの白くて細い指は、男子のものとは違うように感じる。女の子だ。

これだけ長い握手なのだから、もう俺とトモはリアルでも親友だ。ただし、まだ美少女のトモに慣れないから、ずっと触られていると落ち着かない。気を逸らすように、空いている手で頬をかく。

「えっと、トモ？　そろそろ……」

「うっ、うん……こうやって実際に触れると、本物のケイとやっと会えたんだなって嬉しくなっちゃって。……ケイがちゃんと男の子なんだって実感できて、つい……」

「あ、だったら、へそも見てみる？　男子だってもっとわかるかもよ？」

トモとリアルでも仲良くなれる――そう思った俺は、軽い冗談のつもりでそのまま腹をめくって見せてしまった。手も違うなら、へそはどうなのか。

「どうかな、アマネさんがわかるって言ってたけど、本当に違う？」

「けけけケイっ⁉　お、おおおお腹っ⁉　――ひゃんっ‼」

顔だけじゃなく指先まで真っ赤にしたトモは、大声をあげると、鼻血を出して倒れた。

「えっちょっとトモどうしたの大丈夫っ⁉」

部屋にいるアマネさんとミィさんを呼んで、なんとか一命を取り留めた。アマネさんからは「女子相手に、脱ぐのはダメじゃない？」と呆れられた。

親友とはいえ、異性相手にお腹を見せるのはよくなかったとは思うけど、脱いだっていっても、シャツの裾を少しめくっただけだ。

（だって……鼻血はおかしくない？）

どうしてトモが鼻血を出したのか、俺にはわからない。

多分それだけじゃない。俺は、リアルのトモを全然わかっていない。もっと仲良くなりたいけど、鼻にティッシュをつめたトモに話しかけるチャンスがなかった。

――トモが美少女でも、VTuberの時とリアルで同じ関係になれる、よね？

わずかな不安は、手についたトモの血と一緒に洗い流して忘れる。大丈夫、トモとなら性別なんて関係なく親友になれる。

6

その日の夜、性別不詳組の四人で感想配信を開いた。

オフでそのままコラボ配信も――という案は出ていたけれど、初対面でなにが起こるかわからない。帰宅してから感想配信にしようと決まった。英断である。

あれだけ予想外のことが起きたのだ。もし配信していたら、放送事故になっていただろう。

もしかしたら、うっかり性別がバレるようなことを口走った可能性もある。

俺を含めてみんな、性別不詳VTuberとして今後も活動する予定だ。だから配信では、みんなの性別については言及しない約束もしている。

していたはずなんだけど。

感想配信が始まってしばらく、『オフ会が楽しかった』『みんなと会えて嬉しかった』みたいな、当たり障りのないことを言いあった。

オフ会が話題なだけの、たわいもない雑談配信。だけどリアルの姿を知ったばかりで、みんながいつも通りVTuberとして話すのは、まだ変な感じがする。

『ケイやミィ、トモとリアルで会えて、アマネすっごく楽しかったですぅ』

『オレもオフ会は初めてだったけど、みんなのおかげで楽しめたよ。みんなにリアルのオレの魅力も披露できたしね』

『ボクも……楽しかった。ケイちゃんがエッチだった』

（よくこんなうまいこと切り替えられるな、みんな……）

リアルとVTuberのギャップなんてまるでありません、と言わんばかりの堂々としたアマネさんとミィさん。

それからいつもより勢いがないけれど、やはり声だけではあの美少女と一致しないトモ。

オフ会で見たリアルの三人が、幻だったのかとすら思えてくる。

けれど、VTuberの三人とオフ会で会った三人は、間違いなく同一人物だった。

――そこまでは、俺も少しずつ受け入れているつもりだった。

○リアルで会って、一番可愛かったの誰だった？

一段落して、流れてきたコメントの一つをアマネさんが拾った。それに続いてミィさんも答える。

『えー可愛かったのは誰か、ですかぁ。みんな素敵だったので難しいですけどぉ、一番可愛らしいなって思ったのはケイですねぇ』

『オレもそうかな。ケイ君が一番こう、可愛がりたくなる感じの子猫ちゃんだったね』

『待って待って！　二人ともなに言ってんの⁉』

ロリとギャルという印象が強すぎただけで、アマネさんとミィさんも可愛らしい美少女だった。

だから誰が一番可愛いか決めるのは、清楚美少女だったトモもいれて非常に難しい。

ただし、俺はない。

だって俺は男子だ。性別不詳VTuberが四人集まって、俺だけ男だったのだから、まず最初に可愛いの候補から外れる。二人はからかっているんだろうけれど。

○ま？　ケイちゃん、美少女きた

○俺って言ってるから、てっきり普通に男なのかと思ってた

○VTuberで俺っ子なんていくらでもいるだろ？　初心者かな？

○可愛い男の子かもしれないだろ！　可愛いのが女子だけとか偏見だぞ！

●俺の鼓膜を振動させるこの声、わかるさ。美少女だよ。お前らバカだな、VTuberの性別ってのは膜で判断するんだぜ

『いやいやっ、俺は別に可愛くもなんともない普通のだん――』

性別不詳組のみんなとは、これからはもっとコラボ――いや、オフ会を機に、正式にグループとして活動していこうと話したばかりだった。

性別不詳組として本格活動を決めた直後に、俺が一人勝手に男だと断言していいわけがない。

（でも俺は普通の男子高校生なのに……っ、可愛くなんてないよっ‼）

『お、俺は全然可愛くなんてないって！　可愛かったのは、ほら、ト――』

トモは間違いなく美少女だった。

だがやはり他の二人も美少女には違いないし、親友のトモに対して可愛いと言うのはなにかおかしい気がする。そもそも親友を可愛いかどうか、なんて目で見ていいのか。

『……トモはどう思う？』

『ほわっ⁉　け、ケイちゃん、変なこと聞かないで！』

そらしたつもりが、はじき返されてしまう。

全然変じゃない。他の二人も答えていたし、今までのトモなら、嬉々として答える話題なのに。『ケイちゃんって、ぶっちゃけVTuberオカズにするの？　一番好みなの誰？いいんだよ、ケイちゃんがどうしてもって言うならボクで抜いても』とか配信外だからってとんでもないこと聞いてきたくせに！

（え、あれ聞いてきたのが、あの美少女だったの？　頭がバグってきそう……）
○オフ会して一番驚いたことは？　やっぱりVTuberとリアルで印象変わった？

おたおたしていると、アマネさんが次のコメントを拾ってくれた。

『んぅ、リアルで会っても印象通りだったかなぁ』

『うんうん。アマねぇはリアルでも可愛らしい感じで、頼れる大人の子猫ちゃんだったし』

(リアルでも印象通り⁉　なに大人の子猫ちゃんって⁉)

二人の適当な発言に、思わずツッコミを入れたくなったが抑える。性別やリアルの本人がわかるようなことは言えない。

『ケイなんてほとんどそのまんまでしたよぉ』

『ええっ⁉　俺が？　嘘、だって……』

視聴者の手前、自分からリアルがVTuberとは似ても似つかないとは言えない。今までも性別は隠していたし、それはまだいいんだけど。

『あっ、でも驚いたことは、あれかなぁ。アマネが見てないところで、ケイが脱いで、それ見たトモが鼻血出して倒れちゃったことですねぇ』

『あはは、あれはオレも素で慌てちゃった。すぐ意識取り戻してくれたから、良かったけど。ケイ君があんな悩殺キャラなんてね』

『待って待って！　それだと俺がすごいことしたことになってない⁉』

VTuberとリアルとの三人の違いが一番驚いたけれど、次に挙げるならトモが鼻血を出して倒れたことだ。

でも二人の言い方だと、まるで俺は露出狂かなにかだった。悩殺キャラってなに。

○なにそれ？？？　甘露ケイ、オフ会中に脱いだの？

○鼻血出して倒れるってなに？ｗｗｗ　漫画のキャラじゃん、トモちん相変わらずのエロガキで安心しましたｗｗｗ

○ケイが美少女で痴女なのは聞いてない

○カメラつけてください。俺も鼻血出して、出た分全部献血します。人助けだと思ってお願いします

『誤解だって！　事実と異なる部分があって……トモからもなんとか言ってよっ』

『ふぇっ……あ、うん……』

『俺はちょっとお腹出しちゃっただけだよね？　驚かせたのは事実だけど』

『ケイちゃん……すごくエッチだった……』

『エッチじゃないよっ！　お腹出しただけだよっ！』

急いで訂正しようとするのだけれど、トモの様子がおかしい。さっきから言葉数も少ないし、しゃべっても片言に近い。

そのせいか結局、俺が『オフ会中に脱いだ』という不名誉なエピソードが否定できないまま配信が終わってしまった。

配信をしていると、ちょっとした悪ノリがネタとして盛り上がることはよくある。

だから俺も、気になったのはトモの方だ。

（トモ、まだリアルの俺に慣れてないんじゃないかな……）

正直、俺だってまだリアルのトモと顔を合わせたら、おたおたと女子慣れしていない非モテ男子な部分が出てきてしまいそうだ。でもネット越しでなら、以前のようにトモと親友同士として話せるつもりだ。

――トモにも、俺と前みたいなノリで話してほしい。

そんなことを考えながらも、いつもなら気軽に誘えた配信後の雑談にも、俺は気後れしてしまった。今日は時間も遅い、なんて言い訳が浮かんで声をかけられなかった。

悩みはあったけれど、翌日には気持ちも切り替えて個人配信を始めたら――。

○噂（うわさ）の美少女VTuberの配信はここかっ。ズザァ

○VTuberにリアルの可愛さ求めるやつってなに？　俺はお前らと違って純粋に甘露ケイとかいう面白い痴女がいるって聞いて来たんですけど？ｗｗ

○アバターが可愛ければよし。けれどリアルも可愛いなら二倍よし

怒濤の勢いで増えていく視聴者、同接の数。

俺の配信では見たことのないコメントの流れ。

――なんでこんなことになったの⁉　俺は男なのに、美少女⁉

7

思い返せば、原因が昨日のオフ会と感想配信ということは間違いないだろう。

性別不詳VTuberの俺が、しかもリアルでは男の俺が、なぜか美少女だと勘違いした大量の視聴者たちが詰め寄せている。

（どうしよう？　炎上……したわけじゃないけど、配信は荒れてるし……）

信じられない状況に、どうすればいいのかわからない。

いつも俺の配信に来てくれていた固定視聴者たちも、困惑しているだろう。様変わりしたコメントが、拾いようもないほど流れていく。配信者の――VTuberの俺がしっかりしないと、取り返しのつかない配信になってしまう。

しかし、どうするべきなのか。

性別不詳VTuberの俺が、美少女ではなくただの男子高校生だと訂正するわけにもいかない。

（困ったとき、いつもなら……）

幼馴染み兼自称プロデューサーのナズナか、親友のトモに相談していた。

でも今はトモも話しかけにくい——いや、ここで俺が遠慮してしまうと、もしかしたら疎遠になってしまうかもしれない。それだけは絶対に嫌だ。

俺はチャットアプリを開いて、トモに簡単な状況と助けてくれとメッセージを送る。

案外、会話のきっかけという意味では悪くないかもしれない。

前向きに考えながらも、モニターに流れるコメントは頭を抱えたくなる。

○ケイちゃん、彼氏いないよね？　これだけははっきりしとこ

○まず貧乳なのか、普乳なのか、巨乳なのか。リアル美少女VTuber名乗るなら胸のこと教えてくれないと推せるか判断できないよね？

○ケイは貧乳だよ。俺っ子なんだ、わかるだろ？

○俺っ子なのに巨乳なのが最高なんだ！　ボーイッシュ＝貧乳なんて後進的な意見だ！

○胸より俺は足のサイズが知りたい！　教えてくれ!!　足のサイズはいくつなんだ!?

○勝負パンツ脱ぎました。美少女VTuberのどエロ配信お願いします

「えええぇ……あの、みんな落ち着いて……」

ダメだ、異様な空気感になっている。俺が仮にリアルでも美少女だったとしても、突然配信がこんなことになるのか。ネットの空気って怖すぎる。
トモからの返信を、あるいは奇跡的に流れが変わることを祈っていると、

●おい、お前らいい加減にしろ！

見慣れたアイコンのコメントが目に入ってきた。

●VTuberの中の人を詮索するなんて、マナー違反中のマナー違反だろうが。甘露ケイの古参ファンとして、新規が増えてくれることは俺もうれしい。けどな、モラルが低すぎないか？　教えてやるよ。甘露ケイは性別不詳VTuberだ。オフ会の感想配信、俺も聞いたよ。最高だったよな。けどそれで、勝手にリアルの性別を推測して、VTuber本人を置き去りにファンだけで盛り上がりすぎるのは違うんじゃねーの？

長文メッセージの送り主は、俺が配信を始めた頃からの視聴者さんだった。
「ジュルジュルマンさんっ！」
意味不明なお祭り騒ぎの中でも、昔からのファンの人はわかっていてくれたのだ。
同接は増え続けるのに、誰も俺の言葉を聞いてくれていないようで孤独を感じていた。
そんな中、見知った人が、心強い言葉をかけてくれる。
（俺は独りじゃなかったんだっ！　一人でも味方がいるだけで、すごく救われるよっ）

●俺はいつでもケイのファンで、ケイのことを一番に考えているから安心してくれ！　マ

ナーの悪い連中は、俺からも厳しく注意していくけど、ケイもこんな状況で心配だよな。俺、ネットとか配信界隈(かいわい)に詳しいし、力になるよ。同じIDでSNSもやってるから、メッセージくれればいつでも相談に乗るぜ

ジュルジュルマンさん、なんて頼もしいんだ。

今まで視聴者の人と個別に連絡をとったことはなかったが、今回ばかりは颯爽(さっそう)と現れた救世主ジュルジュルマンさんの力を貸りることにした。

アカウントを調べて、メッセージを送る。あとはトモからの返信待ちだけど——こちらはまだだ。

今日は日曜日だ。トモは、土日はリアルが忙しそうにしていることが多い。昨日はオフ会と感想配信でほぼ予定が埋まっていたし、代わりに今日はいつもより予定が溜まっているのかもしれない。

(……そうだよね。忙しいだけだよね？　俺、避けられてないよね？)

返信が少し遅いくらいで、こんなこと考えたことなかった。リアルでは異性だっただけで、俺もトモとの関係が心配になっている。

そんな心の不安もあいまって、配信でのコメント対応がどんどんもたつく。

○昨日のオフ、三宅猫(みやけねこ)ミィにお持ち帰りされたって本当？　リアルイケメンだったの？

○藤枝トモとできてるって聞いたぞ！　でもあんなエロガキ相手なんて嘘だよな

○アマネさんは？　アマネさんは女だから、百合展開希望していいのか!?

「ええっ、まずみんなは性別不詳でっ！　あと付き合うとかないって、配信仲間だよっ」

この状況では予定通りゲームすることもできず、俺は終始あたふたと雑談まがいの配信を垂れ流してしまった。

結局、三十分ほどたってからジュルジュルマンさんの返事に気づき、もう限界だと配信を終える。

（後のことはジュルジュルマンさんとトモに相談して決めよう……同接一万超えは嬉しいけど……もう俺だけじゃ、どうしていいかわからないよ……）

すがる思いで、俺は配信でぐったりした体をなんとか動かしメッセージを読む。ジュルジュルマンさんならきっとこんな状況にも解決策を——。

●ケイ、大変な状況だね。でも安心してほしい、この俺が君を守るよ。俺にメッセージくれて、頼ってくれて嬉しいよ。俺を選んでくれたこと絶対に後悔させせない

（う、うん。俺もありがたいし、頼もしいんだけど……本題は？）

いつもジュルジュルマンさんは長文なんだよな、と読み進める。

●まず、ケイの性別についてだけど、俺には本当のことを教えてほしい。いや、言わなく

てもわかる、君は俺のお姫様だ

（えっ、姫ってなに？）

●君の配信を初めて見た時、俺は確信していた。運命だ。俺と君はお互い、引かれ合うべきだったんだ。配信が荒れたことも、俺たちが次のステップに進む後押しなんだ

（運命……後押し……？）

●俺はケイの恋人になりたい。俺が、リアルでケイの支えになること。これがケイの配信を救う唯一の方法であり、正解なんだ。リアルでも君に会いたい。ケイの不安を取り除いて、君の震える小さな手を握りたい。日本国内どこでも、俺はケイのところへ駆けつける自信がある。だって俺は、ジュルジュルマンは甘露ケイの王子様だから――

俺は、メッセージを閉じた。

――ジュルジュルマンさんっ……信じてたのにっ！

どう見ても下心しかない長文メッセージに、俺は希望を絶たれてしまった。

もう嫌だ。信じていた昔からの視聴者も、俺が美少女だと勘違いしてこんな手のひら返しをしてくるなんて。

なにもかも諦めて、まだ夕飯前だったけれどふて寝しようとした時、トモから連絡が来た。

8

『……だ、大丈夫、ケイ？　ごめんね、遅くなって。私、配信とか見られてなかったんだけど状況って……』

　メッセージを見たトモは、俺の切羽詰まった状況を察したのか、通話をかけてきてくれた。配信外だからか、一人称も口調も、リアルで会った時のままだ。

　本当なら「トモぉーっ！　ふぁぁーんっ助けてぇ！」と泣きつきたいくらいだったけれど、オフ会後に二人で話すのは初めてで、つい俺は見栄を張ってしまった。

「気が動転しちゃってたけど、そんな大事じゃなくて。むしろ忙しい時に心配かけて悪かったというか……通話まで……」

　自分で助けを求めたくせに、強がってしまうのは余計に情けない。

（違う……俺は、トモと前みたいな関係でいたいんだ。こういうとき、正直に相談できるような。女の子相手だからって勝手に意識して強がるとか、バカみたいだ……）

「ごめんっ！　やっぱり大丈夫じゃない。俺一人だとどうしていいかわからなくて……誰かに話を聞いてほしくて――ううん、トモに、話を聞いて、相談に乗ってほしい。俺には、トモしかいないんだ」

『わっわわっ、私しか⁉　ケイには、私しかいないの⁉』

「うん、俺にはトモしか……」

ジュルジュルマンさんを失った俺に、頼れるのは親友のトモだけだった。

『わかった！　私にできることなら、なんでもしたい。ケイのため、私、なんでもする』

トモはこんな俺に、力強く返してくれる。

嬉しい——助けてくれることもそうだし、トモが俺にとって大事な親友なんだと実感できた。

『……会って、話さない？』

「えっ。会ってって、直接？」

『ケイ……近所だよね？　だったら、会って話したい。その方が、ケイの力になれると思うから』

いいんだろうか、とためらってしまった。

トモは女子で、俺は男子だから、二人で会うというのは——いや、トモの方から提案してくれたのだ。俺だって、本当なら性別なんて関係なくトモが女子だって、これからはリアルでも親友でいたい。

「ありがとう！　場所言ってくれたら、俺どこでも行くよ。だって俺はトモの……ってごめん、なんでもない」

一瞬、さっきのジュルジュルマンさんが頭をよぎった。今までならこれくらいの冗談は口にしていたのだけれど、まだ変に意識してしまって恥ずかしい。

（でもその内……性別なんて関係なく、また前みたいになんでも言い合えるようになりたいっ！　それですることが、助けてくれって相談なんだけど……）

俺の言葉にトモは少しだけ驚いていたけれど、『それじゃあ』と待ち合わせ場所の住所をくれる。やっぱり近所だった。偶然とはいえ、なにか運命めいたものを——。

（って俺の頭にまだなにか残っているんじゃないのか⁉　早く忘れないと）

顔を洗って、俺はそのまま家を出た。


指定された場所につくと、住宅街の中に小洒落（こじゃれ）た洋菓子店があった。

トモからもらったメッセージにも、店名が記載されていたので場所に間違いはないだろう。しかし、なぜ洋菓子店？　ここで話すつもりなのだろうか。

場所はどこでもかまわないのだけれど——。

（この店、もう閉店してるよね？　……トモも見当たらないし）

俺はキョロキョロと見回すが、日もすっかり沈んで人影もない。

営業時間を見落としていたんだろうか。とりあえず到着したことをトモへ伝える。

『すぐ行く』

という返信が来た。しまった、店が閉まっていることも言うべきだった。もし喫茶店をこれから探すなら、俺が先に店を見つけて、そっちに呼べばよかったのに。

数秒もせず、トモが現れた。

「けっケイ……っ！　ご、ごめんね、わざわざ来てもらって」

相変わらず美少女で、――しかも洋菓子店から出てきた。

「えっ？　あれ、この店にいたの？」

「わっ、私ここでバイト……っていうか、ここ私の親の店で、家も二階なんだけど……さっきまでお店の手伝いしてて」

「しかも家!?　え、いいの!?　俺に教えて……」

VTuberで、ネット同士の関係だ。親友とはいえ、まさか家の場所まで教えてしまうなんて。

可愛(かわい)らしいエプロン姿は、この洋菓子店の制服なのだろうけれど。

（って、名札までついてるよっ！　……トモの本名がっ）

見ようと思ったわけではないが、『SHITOU RUI』という文字が目に入ってしまう。住

SHITOU
RUI

所に続いて本名は、ネットでは隠さなきゃいけない最後の砦だ。シトウ・ルイ――無意識に頭の中で読み上げてしまう。

(無警戒すぎるよ！　トモはなんで自分の家に俺を呼んだのっ⁉)

俺が困惑していると、トモが顔を赤らめて言う。

「ケイ、ケーキ好きって前言ってたでしょ。だから……ケーキ食べてもらいながら話を聞けたら、元気になるかなって」

俺のために、俺を元気づけるために、家や名前を隠すことなんかよりも、トモは会って話そうと提案してくれたのだ。

(やっぱり俺たちは親友だよっ！トモ、ありがとうっ)

感涙をこらえながら、閉店と札のかかった店内へ招かれる。

「ケーキ、好きなのあったら教えて。……売れ残りでよかったらだけど、いくらでもごちそうする」

トモに言われて、俺はショーケースに残っていたシブーストを頼んだ。トモが覚えていてくれた通り、甘いものは大好きだ。

店内にはイートインスペースがあって、言われるままに端の席で待っていると、トモが紅茶とケーキを持ってきてくれた。

「それで――」

ケーキをいただきつつ、俺は配信であったことを話した。

しみる甘さと、紅茶の温かさ。

なによりトモに話を聞いてもらったということで、話し終わった頃にはもう俺の気持ちはすっかり回復していた。

「大変だったね……でも、同接一万なんてすごい、おめでとう！　目標にも近づいた……よね？」

「目標？」

なんのことかすぐわからず聞き返すと、トモがぎこちない口調でつけ加える。

「登録者十万人が目標でしょ？」

「えっ、そのこと⁉　でもあれは冗談みたいなもので……」

登録者十万人は、自称プロデューサーの幼馴染み(おさななじみ)が勝手に言っているだけで、俺には高すぎる目標だった。

冗談で配信外の雑談中に言ったことはあったけれど、トモも『それならエロしかないよ。セクシー水着配信とか』ってふざけていたし本気にはしていないと思っていた。

「同接一万なら、登録者もいっぱい増えてるんじゃない……かな？」

トモに言われるまで、思いもしなかったことだ。

俺は配信の空気にのまれて、同接とコメントくらいしか視界に入っていなかったが、あれだけの視聴者が来ていたのだ。増えていてもおかしくない。急いで確認すると、

「え…………うっ、うーん？」

「ど、どうしたのケイ？　増えてなかったの？」

「増えてたけど」

「……けど？」

「…………登録者数、四千弱。増えたのは千人くらい」

「ふぇっ、すごいよ！」

確かに一回の配信でこれだけ登録者が増えたことは、俺からすれば快挙だ。

「……だけどっ…………同接一万って言ったら、もっと増えててもよくない⁉」

贅沢(ぜいたく)を言って、調子にのっているのかもしれない。

だって同接一万だ。あの盛り上がりからすると少なく感じてしまった。

「落ち込むことないって！　……きっかけはどうあれ、これだけ注目が集まったのは、ケイに、みっみみ魅力があるから……だからっ……これから登録者もどんどん増えるよ」

「……女子だって勘違いされてだよ」

「VTuberってそういうものじゃないの？　私だって……そうだよ？　多分、男子だと思っている人のが多いよね？」

トモは性別不詳設定はあっても、中の人は男子だと思っている人が多いだろう。配信外も含めて一番トモに詳しかっただろう俺だってそうだった。

俺も自分が得しているとは思えないけれど、トモの場合はむしろ損している側だ。

パッとしない男子高校生なのに美少女だと誤解されている俺と、美少女なのにエロガキと認識されているトモ。

「トモは、リアルが魅力的だから」

「ふえっ⁉」

「それに比べて俺は、リアルでの魅力とかないし」

「あっ！　あるよっ！　ある！」

食い気味に、力強くトモが何度もうなずいた。

うれしいけれど、自分でも男として頼りないのはわかっている。身長もトモよりはちょっと高いくらいで、クラスの男子の中では低い方だし、筋肉も全然ない。

（それにトモは、そもそも俺のことを……）

確認するのが怖かったけれど、俺はトモのことをもっと知るために聞く。

「トモも俺のこと、オフ会するまで……女子だって思ってたんだよね？」

俺はVTuberとしても普段通りふるまっていて、性別不詳と名乗っていても、自分が女子だと思われるなんて考えもしなかった。

けれどトモのオフ会での戸惑いようから、俺の性別を勘違いしていた可能性が高い。アマネさんとミィさんは、男子だってわかっていたみたいだけど。

同性だと思って仲良くしていたけれど、異性だったなら今後は仲良くできない——もしそんなことをはっきり言われたら、俺は泣いてしまう。そう思って、聞けなかったが、家にまで呼んで元気づけてくれたトモを信じる。

（俺が男子だってわかっても、……仲良くしてくれるよね⁉）

祈るような気持ちだったが、トモの答えは俺の予想とはまた別のものだった。

「ケイのことは、会う前から男の子だと思ってたよ？　一番最初は……その、しばらくは女子かなって思ってたけど、途中からはケイは男の子だろうなって」

「本当に⁉」

「……だってケイ、全然隠すつもりなかったでしょ？　話してたら、わかるよ」

「そうだけどっ‼」

視聴者たちがあまりに俺を女子扱いするから、もともと大してなかった男子としての自信が崩れ去っていた。

それに、トモをがっかりさせたんじゃないかって不安だった。

（俺はトモが同性じゃなくても、がっかりとかはしてないけどっ！）

しかし、俺を女子だと思っていたわけではないとすると。

「オフ会でトモ、……俺のこと見てちょっとその……様子が変じゃなかった？　やっぱり、俺が変なことしちゃったせいなのかな。へそのことも、驚かせちゃったみたいだし」

なんだったら、トモは今も落ち着きがないように見える。

「ふぇっ！　……ごめんっ、それは私が……ケイのことを……」

「俺が!?　俺がやっぱり悪いことしたの!?」

「ちっ！　違っ！　ケイには、絶対嫌われたくないって……リアルでも仲良くなりたくて……その分すごく緊張しちゃって……目の前に本物のケイがいるってのも、まだ慣れなくて……ごめん」

胸の前で、指を絡めながらぼそぼそとしゃべる――けれど、俺にはトモの気持ちがしっかり伝わった。

（それなのに、トモを不安にさせるようなことばっかりして……悪いのは俺だよっ！）

トモも俺と仲良くなりたいって思っていてくれた。それだけで、俺は満足だ。まだお互いリアルでは親友と言うにはぎこちない関係かもしれない。

だけど、性別なんて関係ない。これからもっとトモと仲良くなって、異性でもちゃんと親友になれるって証明してみせる。

「俺すっごく嬉しいよっ！　トモのこと大好きだっ！」

「しゅっ⁉　しゅきぴよっ⁉」

「え？　う、うん？」

ぴよはよくわからないし、女子に好きと言うのは照れるが、いや、俺たちは親友だから問題ない。好意はしっかり言葉にすべきだと妹も言っていた。

「わっ！　私もっ！　あ、あのねっ、すぐね、ケイに慣れるからっ！　そしたらもっと、仲良く……うへへっ……仲良くべったりできるからっ」

「本当⁉　べったりかぁ！　俺、トモとそういうことできるのずっと楽しみにしてたんだ！」

リアルで友達と青春な遊びをする。オフ会をすると聞いて、一番楽しみだったことだ。ゲーセン、ボウリング、バッセン。どんな遊びでも大歓迎だった。こんなに家も近いのだから、二人で遊ぶチャンスはいくらでもあるだろう。

「たっ……楽しみにっ⁉　ケイちゃん……意外にムッツリだよね……っ！　私はっ、私はそういうの……嬉しいけどっ」

「ムッツリ？　……こういうのもムッツリって言うのかな？」

よくわからないが、女子高生は時々変わったことを言う。幼馴染みのナズナから『たい焼きが白いと可愛いっしょ？』って言われた時は、まったく理解できなかった。

「で、でもごめんっ、ケイとはずっとこうなりたかったけど、オフ会して次の日にってのは……思ってなかったから、まだ心の準備とか……」

「そうだよね？　ごめん、俺も焦らせるつもりはないし、ゆっくりだよね」

急ぐ必要はない。リアルでは会ったばかりなのだ。これからゆっくり仲良くなればいい。

「ふへへっ、本当嬉しいな。……他の二人も可愛いから……私、怖かったし」

「怖かった？　まあ、俺も驚いたよ。全然イメージと違って」

「イメージと違って……どう思ったの？」

さっきまでニヘラっとしていたトモが、口をすぼめた。

「男の子って女子大生好きだもんね」

「……いや、アマネさんを女子大生にカテゴライズしていいのか怪しいんだけど」

「ミィ君も女子中学生って！　とにかく若い方がいいって言う男の子もいるもんねっ」

「う、うーん？　ミィさんも中学生には見えなかったんだけど」

なにかかみ合わないが、トモからしてもあの二人はVTuberのときのイメージとは違ったのだろうか。けれどやっぱり俺にとって二人の衝撃よりも、

「正直言うと、トモが一番だったからなぁ」

「ほっ、本当に⁉ 私が一番⁉」

「うん、まさかって思ったよ」

「……そ、そっか……ふへっ……嬉しい。気合いを入れて、いつもよりオシャレして良かった」

（もしかして男子だって勘違いされているのをわかってて、俺を驚かせようとしてたのかな？ ……くっ、負けた気分だ。俺も驚かせれば良かった。でも男子だってのはバレてたから無理か……）

悔しいが、トモが嬉しそうに笑っているのだから良しとしよう。

大丈夫、トモとはリアルでもすぐ親友になれるはずだ。それにトモのおかげで配信のことも――。

「俺さ、配信もっと頑張ってみる。どんな理由でもチャンスなのは間違いないし……目標って言うには無謀だけど、登録者十万人目指して」

「私も応援するっ！」

後ろ向きに考える必要なんてなかった。この状況を利用してでも、もっと人気配信者を目指すくらいの気持ちでいよう。

「性別不詳組のみんなでもっと配信しようって、約束したもんね。トモとも、二人で配信していきたいし」

「そ、それは……カップル配信的な⁉」

「カップルは違わない？　……コンビとか？」

「そっ、そっか……配信では、内緒だよね。一応、性別不詳だしっ……」

なぜか残念そうだけれど、カップルと言うと親友ではなく恋人同士を最初に連想されることが一番の問題である。

「とにかく、これからもよろしくね、トモ。配信でもリアルでも」

「うんっ！　私もうっ、こう胸とお腹のところがギュッて……ケイのことしか考えられないくらいだよ……」

「お腹？　あ、もう夕飯の時間だね！　ごめん、遅くまで……しかもバイトの後で疲れてたよね。力になってくれて、本当にありがとう。ケーキもすごく美味しかったよ」

気づくともう遅い時間だった。トモには感謝してもし切れない。

「もしなにかお返しできることがあったら言ってよ。俺にできることだったらなんでもするから」

トモのおかげで、俺もすっかり立ち直れた。少しでもお返しがしたい。

「なんでもっ⁉　……じゃあ……匂い、嗅いでもいい？」

「え？　な、なんで？」

「なっ、なんでって⁉　……なんでって、それはその……ケイにちゃんと慣れないとまた鼻血出して倒れちゃうかもだからっ！　匂いでケイのこと覚えたら、多分大丈夫になると思う。その……べったりとかもできるようになる……っ」

「ニオイで、覚える？」

耳まで紅潮させたトモの言葉に、俺は首をかしげる。ニオイを覚えるってなんだ。そんな犬みたいなことあるのか。

「……変な臭いするかもよ？」

「大丈夫っ！　昨日少し香ったら、すごく好きな匂いだったからっ！」

昨日の俺も臭っていたということか。汗はかいていなかったはずだけど、そんなに臭かったのか。申し訳ないし、それでまた嗅がれるというのは気が進まない。

しかし、できることならなんでもすると言った手前、断りにくい。

「わかった。……いいよ」

トモが俺のすぐ近くに立って、鼻をスンスンと鳴らす。

これ、どういう状況⁉　と混乱してしまう。美少女が、俺のニオイを嗅いでいる。

「ふ、ふわぁあぁ……だ、ダメかも……出そう」

「えっなにが⁉　待って待って、一旦ストップしようよ」

「ダメだよっ！　こんなんじゃまだ全然、ケイに慣れてないよっ。もっと近くでいい⁉」

「ええぇ……」

俺がなにか言う前に、トモの可愛らしい鼻が、胸の手前まで近づいてきて――そのままぶつかった。胸にトモの鼻が軽く埋まって、くすぐったいし、なにより恥ずかしい。でも、ニオイを覚えることで、俺とトモはもっと仲良くなれるはずなんだ。

傍目にはかなりおかしな光景ではあるが、トモが俺に心を開こうとがんばってくれている。いや、これだけニオイを嗅がれたのだからもう――。

「俺たち、もう親友かな？」

俺の祈るようなつぶやきに、けれどトモが「ほぇ？　親友って？」と不思議そうに目を丸くする。

――え、なんで疑問形⁉　まさか親友になるには、もっと嗅がないとダメなのっ⁉

配信中①《藤枝トモ》

VTuber甘露ケイの声は、いつものように明るく弾んでいた。

もらったメッセージや、会ったときの落ち込んだ様子には心配していたけれど、すっかり気を取り直したようだ。画面の前にいる彼女は、マイクに音が入らないよう気をつけながら、ほっとため息をつく。

性別不詳組のコラボ配信は、オフ会前と変わらずに——いや、それ以前よりも視聴者が増えてにぎわっていた。

志藤留依は少しだけ気恥ずかしさを感じながらも、いつものようにVTuberの藤枝トモとしてふるまう。

藤枝トモは彼女にとって、ある意味では自分とは真逆の存在で、ある意味では本当の自分だった。

「ケイちゃんもうっ、またボクを見てエッチなこと考えてたでしょっ⁉　ほら、コメントも『ケイは淫乱VTuberって本当ですか？』ってきてるよ！」

こんなことは、本当の——VTuberではない普段の志藤留依であれば口にできる内容ではなかった。

リアルでの彼女は、しとやかな女性で、外見通り清楚(せいそ)なお嬢様として知られている。整った容姿につつましい性格と言動で、中高一貫で全校生徒が千人ほどいる女子校でも、いわゆる学校で一番綺麗(きれい)だという評判を得ていた。

けれども、素(す)の彼女はむしろVTuber藤枝トモに近い。その本性をリアルで見せることはなく、友人であってもそんな彼女を知るものはいないが、彼女にとってどちらが本当の自分かと問われれば、間違いなく藤枝トモであった。

それは学校ですれば、間違いなく奇異の目を向けられるようなふるまいを気兼ねなくできているから――というのも理由の一つであるが、彼女にとってそれは藤枝トモの大部分ではなかった。

○美少女なのに淫乱とか最高では？
○俺のケイが淫乱ってどこ情報？　初々(ういうい)しいケイに変な設定足さないでほしい
○へそ出したって聞いたけど、へそくらいで淫乱か？　靴下くらいは脱いでほしいね
○確かに靴下脱ぐやつは淫乱だな
『言っとくけどお腹見せたのは、そういう流れがあったからだよ。ね、トモ？』
○え、お腹を見せる話の流れってなに？

○ケイ「お腹の調子が……」トモ「ボク、消化器官の健康状態を触って診察できるんだ」
○俺も見たい！　ケイのすべすベスケべえなお腹カメラに映してください！
○鼻血出るほどエロいお腹ってなに？　そんなの配信のせてBANにならない？
『でも暖房も強かったし、きっと俺のおへそが悪いわけじゃないんだよ。……そう、そうだよね⁉』

「へ？　ケイちゃんのお腹がエッチすぎて鼻血出したんだよ？」

『そんなことをはっきりと言わないでよっ！』

「わかったわかった。ケイちゃんはせっかちさんだなぁ。今度ボクのお腹も見せてあげるから、それで許して？」
○トモちんのお腹、俺も見たい。二人のお腹並べてはさまれたい！
○俺は二人のお腹の上をすべりたい。そのまま天国まで運ばれるんだ
○俺「俺、消化器官の健康状態を触って診察できるんだ」
　配信コメントと一緒に甘露ケイをいじるのは、彼女のお気に入りだった。

　声やVTuberとしてのアバターは女性――可愛らしい少女である藤枝トモは、本人がこれだけ人目を気にしない言動をしても、時たまセクハラめいたコメントももらう。

　あくまで自分の言動の延長なこともあって、配信ではあまり不快感を持たない。

しかし、リアルでは別だった。

彼女は、小学校から女子校で育ち、周囲にはほとんど男性のいない生活圏で育ったにもかかわらず——彼女の美少女ぶりの噂を聞きつけた近隣学校の男子生徒や、極めつけは通学中に一目見ただけのような男性から、告白されることがあった。

ほとんど知らない相手からの好意——いや、その奥にある性的な視線を、年頃の彼女は嫌悪した。

初めて告白されたのは中学校に入ってすぐで、それ以来、クラスの友人たちにも男子が苦手であることを少しずつ公言し、友人経由での紹介は減らすことができた。

そういうこともあって、学校での彼女は男子が苦手な清純清楚な美少女として知られている。

けれども皮肉なもので歳を重ねるごとに、彼女も年相応にはそういった事柄に興味を持つようになった。ただ周囲からの自分への評価も、自分のふるまいも、想像以上に積み重なっていた。

結果、彼女は自分の変化を表に出せず、女子高生にもなれば友人たちでする普通の猥談の類いすら参加できない。

おまけに自分の知識が増えるにつれて異性から向けられる感情や、異性そのものへの苦手意識も強くなっている。

同性には自分を打ち明けられず、異性からは一方的に嫌な感情を向けられる。

たまりにたまったフラストレーションが、いきついた先は配信活動で——VTuber の藤枝トモだった。

誰も自分を清楚などとは評価せず、それどころか女子とも見られないような自由気ままな言動ができて、異性から好意を向けられる心配もない。

自分とは真逆で、けれど自分の素のままの VTuber 藤枝トモ。

『ケイもトモも仲良しなのはいいんですけどぉ。それくらいにしてくれないと、ゲーム始められないですよぉ？』

性別不詳組のメンバーの一人で、リアルでは最年長のアマネ・エーデライトから間延びした声で、配信が軌道修正された。

配信タイトルにも『四人でパーティーゲーム』とあるのに、始まってからずっとゲーム開始画面のまま止まっている。

「ふへっ、ケイちゃんとボクが仲良しだって」

それくらいにしろ、という言葉の意図とは裏腹に、彼女は思わずにやけてしまう。

『四人配信なんだから、あんまり二人でイチャイチャしないでくれよ。オレとアマねぇがいるの忘れないで』「イチャイチャなんてミィ君……っ！」

性別不詳組の最後の一人、三宅猫ミィの言葉に、さらに口元がゆるんでしまった。

（アマネっちやミィ君から見ても、やっぱり私たち……お似合いなんだっ！）

最初は、ただ自分の仲間を見つけたと思った。

VTuberに詳しくなかった彼女は、甘露ケイのことを単純に声と可愛らしいアバターで、にもかかわらず性別の話をはっきりとはしない――自分と同じような境遇だと勘違いしたのだ。だから第一声こそ、配信と同じテンションで話しかけたけれど、本当ならある程度抑えて、ちゃんと女性相手として接するつもりだった。

しかし不思議なことに、甘露ケイは話してみれば、女性らしさがない。言葉使いはやわらかだが、はっきりものを言うし、警戒心がまるでない。年頃の女子であれば持ち合わせる最低限の立ちふるまいというものがないのだ。

小中学生の女子というならわかるが、会話から同年代ということもわかる。ものすごく純情で、もしかしたら箱入りなのだろうか。自分のセクハラ発言に、初々しい反応を見せる甘露ケイに、ついつい配信時と変わらない――いや、時にはもっと熱の入った絡み方をしてしまった。

ただ同時に、もしかしたら甘露ケイが男子なのではないかと思う。

男子は、苦手だ。もし男子だとしても、甘露ケイが性別を公言しない以上、こちらが確認しなければ、このまま女子として勘違いしたままでいられる。そのつもりだったはずが、毎日のように話して、仲良くなるにつれ、女子だと自分に思い聞かせているはずなのに、いつの間にか甘露ケイが男子であってほしいと願っていた。

いや、そもそもの疑いからして、あの時から心のどこかで甘露ケイが男子であることを願っていたのだ。この願いは、彼女が甘露ケイに向ける好意そのものであった。

甘露ケイがリアルでは男の子だろうと確信するころには、すっかり彼のことばかり考えるようになっていた。

甘露ケイと、もっと親しくなりたい。リアルでも、性別不詳VTuber同士ではなく、男子と女子として仲良くなりたい。

うぬぼれではなく、自分の容姿には自信があった。

（……だってあれだけモテてるし、私、普通に可愛いはずだよね？）

甘露ケイとの間柄は、決して浅いものではなかった。性別とは関係なくとも、すでに十分すぎるほど親しい。だからリアルで会えば、すぐ関係性が進んでいき——。

『俺とトモは仲いいけど、イチャイチャはないって。なんていうか、……トモとは悪友って感じだよね？』

「悪友……」

○悪友がお腹見せあって鼻血出すんですか？

○信じてたよケイ！　誰だトモと裏で付き合ってるとか言ってたやつ？

○ケイなら俺と付き合ってるよ、ベッドで撮った写真送ってやるよ。ごめんな、トモちん

冗談のコメントだが、ついつい彼女の眉間にはしわが寄ってしまう。誰とも知らない相手に甘露ケイが奪われるとは思わないが。

『さ、早くゲームしようよ。今日はみんなに俺のカッコイイところ見せるよ！　みんなを見返してやるんだからっ』

『でもケイがゲームでうまいの、キャラ選択ぐらいですよねぇー』

『アマネさん、俺のことをゲーム下手だって思ってるよね⁉』

○口ばっかのケイちゃん可愛い

○これは美少女

○男らしいところを見せようとするも、どうみてもゲームが下手な可愛い女の子

『ははっ、そんなことないよね、ケイ君。ゲームがうまい美少女もいるよね』

『あの……ミィさん、美少女じゃなくて俺をフォローしてくれない？』

『うーん、でもケイ君がゲーム下手なのは可愛いポイント高いからなぁ』

『だからっ！　俺は可愛いとかじゃないんだって。ポイントいらないよっ』

前向きに頑張ると意気込んでいた彼だったが、やはり女子扱いには思うところがあるらしく、どこか悔しそうだった。

そんなところも可愛らしく、愛おしいのだけれども——。

（ケイが私のことをどう思っているのか……わからない……っ）

オフ会してすぐは、彼女も極度の緊張でおかしなそぶりをしてしまったが、翌日二人で会った時には彼から明確な好意を感じた。

VTuberとしての関係よりも、もっと親しく、男女としての関係を求められている——そう感じたはずなのだが。

——親友、それから悪友。

甘露ケイが口にした言葉は、どれも彼女の求めるものではなかった。

配信中だけであれば、おおっぴらにできないからと納得できる。それでもやはり、彼の言動はなにか自分の求めるものと違っていた。

（もしかして……まだ付き合ってない？　そういえば、大好きだって言われたけど……付き合おうとは言われてない）

急に、胸が不安でいっぱいになる。彼のことを思うと、いつももどかしさで苦しくなっていたけれど、このしめつけられるような感覚は別種のものだ。

（で、でも、私のこと一番だって……アマネっちもミィ君も、ケイのことは好いているみたいだけど、男子としては見ていないみたいだし……）

彼にはそれが悩みでもあるようだけれど、彼女からすれば数少ない安心材料だった。友人である二人のVTuberと、彼を取り合うようなことは避けたい。

――大丈夫、だよね？

『ほらこの可愛いリボンつきの猫ちゃんキャラ選んでいいから、落ち着いてくださいよぉ』

『なんで俺がそのキャラ選ぶと思ったの⁉』

『ケイに一番お似合いだからですよぉ？』

『ぐぬぬっ！』
○ぐぬぬって口で言っちゃうケイちゃん可愛い
○ケイちゃんもリボンつけておそろいしよ
○ケイがミィパイセンの子猫ちゃんにされちゃう！
モヤモヤを振り払うようにして、彼女はVTuber藤枝（ふじえだ）トモとして配信に声を乗せた。

「なになに？　ケイちゃんが裸にリボンするって話⁉」

第二話　漫画家が集まったら俺以外全員女子!?

1

性別不詳組でのゲーム配信が終わって、盛り上がりは十分であったたし、コメントも相変わらずであったが四人ならうまいことさばけた。

ただし意気込んで挑んだパーティーゲーム自体の結果は、健闘むなしく俺が最下位となった。確かにゲームは得意なわけじゃないが、こういうパーティーゲームは得てして運要素も大きく絡む。

実力通りの結果とは思わないし、負けたことに文句や不満はない。

しかし、性別不詳VTuberとしてははっきりと女性ではないと否定できない以上、ゲームの結果くらいはカッコイイところを視聴者に見せたかった。

男らしさとゲームの勝敗は関係ないかもしれない。でも一位の方が絶対カッコイイ。カッコイイのは間違いない。だったら俺はカッコイイって思われたかった。

○即墜(お)ち最下位のケイちゃん可愛すぎる
○罰ゲームでトモちんの希望通り裸リボンしよか?

○最下位にリボンは甘え。ただただ脱げ

などのコメントには複雑な気持ちもあったが、終始五千超えの同接数に性別不詳組の注目度が上がっているとわかる。

学校で顔を合わせた幼馴染み兼自称プロデューサーの三原ナズナも、満足そうにうなずく。

「栗坂くーん、大盛況でなによりじゃないかぁ。もう乾く暇もないってやつでしょ?」

ニタニタと笑みを浮かべながら、謎にもみ手までして近づいてきた。

「なんだそれ」

ナズナはいつもヘラヘラしているが、栗坂君なんて呼び方も、へりくだった態度も変だ。

「いやー同接一万も出しちゃうVTuberさんにはね、頭も上がんないよー」

「やめてよ、やりにくいって！」

ナズナなりの祝い方なのだろうか、まるで嬉しくない。

早朝の教室ということもあって、周囲に人はいない。普段なら人目を気にするVTuberの話だったが、今は大丈夫そうだ。

「ま、でも実際すごいって！ 同接一万は人気VTuberでしょ」

「人気VTuberはおおげさだって。あー、でもナズナに話したいことがあったんだけど」

この機会に改めて登録者十万人を目指そうと思っていること、それから——、

「実はコラボの誘いをもらってて」

「へぇ、有名な人？」

「……セレネさん」

「はい？」

さすがの幼馴染みも、俺の出した名前に目を丸くした。

ゆるい癖のある金髪は地毛で、北欧出身の母親ゆずりの白い肌と綺麗な顔立ちは、いつも余裕そうに見える。

家が近くて同い歳、幼稚園に入る前から公園の砂場で宿命の出会いをしてから、長く続く関係だけれども、ナズナがなにを考えているのかはいまいちわからない。

楽観的な性格なせいか、なにごとに対してもヘラヘラとしていて、悩みなんて一切ないような人間である。幼馴染みながら、ナズナの怒ったり泣いたりなんて姿が記憶にない。

だからこうやって、表情に出るくらい動揺することも珍しかった。

「セレネって、あの？　宴百年セレネ？」

「うん、そのセレネさん」

「嘘。だって、それこそ登録者十万人超えてるよね。本物の人気VTuberでしょ、セレネ

って。しかも……恵、セレネのファンだよね？」

「へへっ、そうなんだよね」

なにを隠そう、ほぼ不純な動機で始めたVTuber活動だけれど、そもそも俺がVTuberにハマったきっかけは宴百年セレネさんだった。

そんなセレネさんからのコラボの誘いを、早く誰かに自慢したかったのだ。

(こういう時、リアルで友人皆無なのはつらい)

まだ正式に決まったわけでもなく、配信で言うわけにはいかない。

コラボの誘いは性別不詳組として、俺たち四人が声をかけてもらったのだから、トモたちに自慢するわけにもいかず——。

「俺のこと、褒めたたえてもいいんだよっ！」

「よっ美少女VTuberめっ！」

「……俺は性別不詳VTuberだよ」

「コラボも、恵が美少女って認知されたからこそでしょー？」

「…………あれで話題になったからなのも、あるだろうけど」

オフ会と感想配信、それからその後の同接一万配信を皮切りに、性別不詳組の配信では人の集まりが格段に増えている。

ただ少しだけ納得できないのは、同接やコメントに関しては俺の配信がにぎわっていたはずなのに、登録者数でいえばアマネさんが一番増えているということだ。

「アマネさん？　あー、声が巨乳だからでしょ」

「その声が巨乳ってなんなの」

「こうね、耳がつつまれる感じで……ってか、恵オフしたんだよね。リアルだとどうだったの⁉　やっぱ巨乳⁉」

「そういうのは内緒にする約束だから」

ナズナは「アタシにくらいいでしょー」と不満そうだったけれど、俺は幼馴染みの夢を壊したくなかった。いや、仮に巨乳でも約束である以上は言えないけど。

性別不詳VTuberとして、性別が特定されるような情報は絶対に隠さなければならなかった。

（俺も身バレには気をつけないとな。同接一万だともしかしたら学校にも俺の配信を見た人とか……って、さすがに一万くらいでリアルの知り合いが見てるとかないか……）

「ふぅん、恵の配信はバズるし、ファンだった大物VTuberからコラボの誘いもあるし、オフした配信仲間は巨乳美女かー。もう酒池肉林一歩手前だねー。順調順調っ」

「後半はナズナの想像だからね？」

事実として俺以外可愛い女子ばかりで、完全には否定できないが一応ツッコんでおく。

「順調なのはそうなのかな……まだ昨日今日のことで、全然実感というか、これからもうまくいくのかって不安のが大きいけど」

「炎上とかしないようにねー。彼氏バレとか」

「バレるとして、彼氏じゃないよね？」

応援してくれる人が増えれば、それだけ気を使わないといけなくなる。でも、俺に彼氏ができる心配はいらない。

「問題なのは男子バレだよ。嘘はついてなくても、こうなるとバレたら絶対炎上する。でもともと隠してなかったから、今更なんに気を使えばいいのかわからない……」

「恵はそのままで大丈夫でしょ？」

ナズナが適当なことを言う。これでプロデューサーを自称するなんて、まるで責任感のない発言ではないか。

「まぁ、冗談の延長みたいなもんだし、視聴者も本当に俺のこと美少女だとは思ってないよね？　もしかしたら一部、真に受けている人もいるかもだけど」

「それもあるし、そもそも恵ならバレる心配はないと思うよー。あ、でもカメラつけて上半身裸になるのとか、あと下半身も露出しない方がいいかも。それはさすがにバレる」

「いやいや！　バレるとか以前の問題だよ！」

上半身裸でカメラ配信するVTuberなんて聞いたことがないし、下半身なんて出したら炎上よりも先にアカウント停止だ。

ただ少なくとも、ナズナも今回のことをそこまで大事には思っていないようだった。俺も気にしすぎて、配信がおろそかになるのは嫌だ。

「……セレネさんにコラボ誘われたんだしね、これからはもっと配信頑張らないと」

「出世払い期待してるよん」

苦笑いで返したが、やる気は十分だった。

セレネさんとのコラボが楽しみすぎる。なんせただのコラボではなく、年末恒例の大企画だ。セレネさんにがっかりされないよう、それまでにもっと配信して、視聴者にたくさん楽しんでもらえるようにしないと！

──と意気込んでいた矢先、

『ごめんなさい。わたし、しばらく配信の頻度が下がるわ』

アマネさんが、それこそコラボに向けて性別不詳組での通話中に、さらっと言った。

抑揚のない声から、どんな事情なのか、どんな感情なのかもわからない。

しかし、四人で盛り上げていこうという中、それも巨乳声で性別不詳組の人気筆頭なアマネさんが、配信頻度を落とすというのはゆゆしき事態だ。

――まさかアマネさんも、巨乳だって誤解されていることを思い悩んでいる⁉

2

「アマネさんなんでそんな……胸なんて関係ないって！」

『……胸？　ケイはなんの話をしているわけ？』

「え、いやその……じゃなくて、悩みとかあるのかなって」

平坦な声のままだったけれど、なにかを感じ取った俺はとっさに言葉をつけくわえた。

通話画面には、それぞれVTuberアバターの一部を円に切り取ったアイコンが三つ並んでいる。

アマネさんこと、アマネ・エーデライトのアイコンには柔和な笑みを浮かべた天使のようなアバターの顔がアップで映されていた。その口元が、なぜか邪悪に見える。

『まあ、悩みならあるわね』

「そうなのっ⁉　俺にできることがあったら言ってよ！　なんでも力になるから」

と反射的に言ってしまったが、

（胸の悩みは無理だ……俺、男子だし……）

『今度、プライベートで飲み会があるんだけれど』

「飲み会って……え、アマネさんが⁉」

『……なに？』

「いや、なんでも」

アマネさんは、小柄で童顔だけれど、大学生なのだ。俺より年上である。年齢までは知らないが、飲み会に参加しても問題はないはずだ。

『飲み会というよりは、軽いオフ会みたいなものね。だいたいは顔見知りで。……ただ少し、浮いちゃって居心地が悪いから』

「なるほど？」

よくよく考えると、性別不詳組のオフ会も女子ばかりだったので、俺は場違い感があったからその気持ちはよくわかった。

トモのことがなくても、あんな状況だったら緊張で変なテンションになっていただろう。

『力になってくれるなら、ケイも来て』

「え、俺が？　なんの集まりか知らないけど、無関係の俺が行くのも変じゃない？　飲み会なんだよね？」

『わたしの付き添い。わたしも飲まないし、ケイも飲まなくていい。許可は取るし、別に一人くらい連れていっても大丈夫』

「えええぇ……まあでも、それなら」

俺に来てほしいということは、この前とは逆でアマネさん以外全員男性というパターンかもしれない。

(ん？　それだと俺が行っても解決しないような？　呼ぶなら女子なんじゃ……)

なんにせよ、アマネさんの付き添いで集まりに顔を出すくらいだったら俺にもできる。

「……ただそれって、配信とは関係ある悩みなの？」

『直接ではないけれど、あるわね』

「なら行くよ！　俺、アマネさんがもっと配信できるように協力したい」

話がまとまったところで、甲高いソプラノが割って入ってきた。

『待ってケイっ！　行くの⁉　女子大生との飲み会に⁉　そんなの実質、乱こ――』

「えっ……トモどうしたの⁉　行くけど、女子大生の飲み会ではないよね？」

『アマネっちは女子大生だよっ！　……そんなの絶対あれだよっ、お互い酔いが回って気づいたら……っ‼』

「なんの話？　……俺もアマネさんも飲まないって言ってたよね？」

トモの慌てようには、俺が逆に面食らってしまった。ただ親友として、俺が飲み会へ参加することを心配してくれているんだろうか。

『トモも来たいの？　それなら、来てもいいのよ』

『わっわっ私もっ、乱パにっ⁉　そっ、そんなだって、私そういうのは、その……経験ないし……初めてはちゃんと二人きりが……』

「トモ、落ち着いて。……えっと、それで実際はどういう集まりなの？」

軽いオフ会と聞いてそのまま安請け合いしたけれど、それこそしっかりしたパーティーなら参加は厳しい。ドレスコードみたいな問題も出てくる。

『そのままよ。居酒屋で、ちょっとしたオフ会……そうね、集まるのはプロの漫画家よ』

「漫画家⁉　ってことはアマネさんも漫画描くの⁉」

『駆け出しだけど。全然売れていない新人よ』

「へぇ……でも、すごい。学生でプロの漫画家……」

漫画は俺もよく読むから、アマネさんがそのプロだったことに驚いてしまう。

『漫画家の集まり……アマネっちが漫画家……』

『それで、トモも来るの？　今度の土曜だけど。夕方くらいかしら』

わりとすぐの話だったけれど、幸いなのか悲しいのか、俺は大した予定もない。

『土曜の夕方は……っ、予定が……っ』

『そう、なら仕方ないわね』

「俺は大丈夫だよ」

もしトモが行けるなら、付き添いも俺よりトモが適任だろう。しかし、トモは家の手伝いがある。それなら俺で我慢してもらう他なかった。

『ケイ……行くの？　私を置いて……』

「俺が行って、アマネさんの力になれるならね。……あとちょっと漫画家さんと会えるのは楽しみだな」

『ケイちゃんっ！　いやらしいこと考えてない⁉　私がいないからって、ダメだよっ』

「トモの中で飲み会ってなんなの？　まあ、俺も参加したことないし……大人って感じはあるけど……」

大学生の飲み会だと聞くと、俺にもなんとなくハメを外した陽キャな集まりというイメージはある。でもプロの漫画家のオフ会ならそんなこともあるまい。

『念のため、先に言っておくと』

もうウキウキと土曜日に着ていく服装を考えていた俺と、まだ口惜(くちお)しそうなトモと、さっきまで会話していなかったけれど『んー漫画家さんの集まりなら令(れい)も興味あったんですけど部活が……』と残念そうなミィさんに、アマネさんがどうってことないようにつけくわえた。

『いかがわしい集まりではあるわよ』

――なんだって⁉

3

都内某所の居酒屋に呼び出されていた。

俺もなんとなくイメージがあるチェーンの居酒屋みたいなところではなく、小洒落(こじゃれ)た雰囲気のお店だ。しかも個室を貸し切っているらしい。やや気後れしながらも、プロの漫画家さんってどんな人なんだろうか、とワクワクしていた。

（いかがわしい集まりってのは、気にかかっているけど……）

あの後アマネさんに追及しようにも、暴れ出したトモをなだめるのが大変で結局言葉の真意がわからないままだ。

アマネさんの『配信の頻度が下がる』と言っていたのは、悩みだけではなく単純な忙しさもあるようだった。そうなると、メッセージでしつこく聞きだすこともはばかられて、

――今日にいたる。

お店の入り口で飲酒NGの目印（そのまま『二十歳(はたち)未満』と書かれたシール）をつけら

れてから、どうしたものかとたじろいでいると、さっき連絡したアマネさんが俺を見つけてくれた。

「アマネさんっ！　あ、そのシール……」

一人で個室に入る勇気がなかなか出なかったので、知り合いの顔にほっとした。なにより、アマネさんが『二十歳未満』であったことにも安堵する。

（もしこの外見で普通にお酒飲まれたらと思うと……でも大学生ってことは十八か十九歳ってことか……）

上品な服装と、髪も整えて結んでいるから多少大人っぽく――というか、いいところのお嬢さんのようだった。でもやっぱり年上には見えない。

「ケイには……ああ、そうだ。呼び方、ケイでいいの？　VTuber の集まりじゃないけど」

「えっ、あー俺はどっちでも……」

ただ同接一万、人気 VTuber とのコラボを予定している俺としては身バレのリスクは減らしておくべきだろうか。

「えっと、一応、本名は栗坂恵。だから栗坂か恵って呼んでもらえると」

「メグミ？　猿知恵の恵？」

二十歳未満

「そうだけど、猿はいらなくない？　知恵の恵だよ？」

「本名が恵で、ケイってそのままね」

もしかして、俺を本名そのままVTuber名にして活動している猿だと言いたいのか。

「わたしは……本名は、入江茉莉。ただ今日は、ドサ子って呼んで。ペンネームだから」

「ドサ子？　え、それなら本名は言わなくてもよかったんじゃないの？」

「礼儀でしょ」

なるほど、マナーとしてはそうだろう。だったら勝手に名乗って余計なことをしてしまった。

（トモにも……ちゃんと名乗った方がいいのかな……）

「恵、あとこれ」

アマネさん——ドサ子さんがなにかを手渡してきた。先ほどお店からもらったシールに似ている……というかシールだった。

「なにこれ、『男の子』って書いてあるけど？」

「男でしょ？　そのシールもつけておいて」

「え？　いや、いらなくない？　だって、年齢と違って……」

俺は見ての通り男子だが、大人の飲み会ではこういうルールがあるのかもしれない。

「でも、ドサ子さんはシール一つだよね？」

「わたしは見てわかるでしょう」

「……それだったら俺もそうだよね？」

「ふざけたこと言ってないで、もう中に入るわよ」

納得できないけれど、よくわからないので言われたとおりにする。アマネさんの後をついて部屋に入った。

4

おかしい。女の人しかいない。

年代は多少ばらけているものの、おそらく部屋にいるのは俺とアマネさん以外全員二十代の女性ばかりだ。

（もしかして、いかがわしい集まりって……）

若い女性がたくさんいるお店というのは、俺だって存在くらい知っている。プロの漫画家さんの集まりだし、そういうお店で派手に飲むということなのか。

「ど、ドサ子さん……俺もお酌とかした方がいいのかな？」

「お酌？　この店、瓶もピッチャーもないと思うわよ」

「そ、そっか！　それで先生方は？」

「なに言っているの、目の前にいるわよ」

アマネさんの視線の先には、すでに座っている若い女性たちがいる。

「ええええーっ!?　いやだって」

若い女性がプロの漫画家でもおかしなことはないけれど、てっきり男性ばかりいると思っていたのだ。

「ドサ子さんだけ、浮いてるって言ってたのにっ！」

「わたし以外は全員、社会人……専業漫画家が大半だから居心地悪いのよ」

「でもでもっ！　これじゃまた俺以外全員女子で……っ！」

確かに俺も学生で、そういう意味ではアマネさんと同じ立場だ。ただこの状況、どう考えても俺の肩身がとにかく狭い。

所在を失った俺と素知らぬ顔のアマネさんに、座っていた女性の一人が手を振りながら立ち上がった。

「あーっ、ドサ子先生！　と、その子が噂の彼氏……彼女？」

「どっちでもない。ただの友人」

「まーまー二人とも座って、ほらこっち空いているから」

俺たちを手招きしてくれたお姉さんは、短い髪がスタイリングと色で立体的なグラデーションをかもしていた。オシャレだ。

今までは漫画家さんに対して、どちらかというと外見に関しては地味なんじゃないかと偏見があった。まさかこんなオシャレなお姉さんが漫画家さんとは驚かされる。

「今度ね、漫画雑誌の企画でここにいるみんなでアンソロ描くこと決まって、それで打ち入りなんだよね」

「アンソロ……ウチイリ……」

アンソロジーは複数の作家さんで集まって、なにかしらのジャンルやテーマに沿った作品集を出すことらしい。

打ち入りは、高校生の俺には耳馴染みのない言葉だけれど、なにかが終わった後にする飲み会――打ち上げの逆で、始まる前にやる飲み会のことらしい。大人になると飲んでばかりのようだが、

「これからみんなで頑張るぞーって景気づけに気合い入れるんだから、打ち上げより大事なくらいなんだよ」

と先ほどのオシャレなお姉さん、『マス汁ぴちょん』さんが教えてくれた。

すごい名前だ。アマネさんのペンネームも独特だけれど、やはりプロの漫画家さんとい

うだけあって常人の俺には一見すると謎でしかない。

（どういう意味だろ、マス汁ぴちょんって。名前に深い意味もないかもだけど……）

他の漫画家さんたちも綺麗な人ばかりで、ますます俺はなんでこんなところに一人、関係ない普通の男子高校生が来てしまったのか、と困惑していた。

せめて邪魔しないように端っこでおとなしくしていよう。

オレンジジュースを頼んだ俺は、縮こまって時間が過ぎるのを待つつもりだったのだけれど。

「恵君っていうんだってー？　可愛いーっ、写真撮らせてよ、漫画の資料にしたい！」

「えっ？　写真はいいんですけど、別に可愛くは……」

俺からすると漫画家のお姉さんたちは、年上といってもそこまで歳の差を感じない若い女性だけれど、向こうからすると俺は子供にしか見えないのだろう。『子供＝可愛い』の感覚に違いない。社会人になると、俺からすればどこにでもいる男子高校生でも間近で見る機会が減ってもの珍しくなるのか。

「あーズルい、アタシも！」

来ていた漫画家さんたちに囲まれて、謎の撮影会が始まってしまう。

「ポーズとか希望いい？」

「ポーズ？」

「服もさ、ちょっとボタン外してほしくて」

「え？　ボタン？」

「いいねー、恵君って肌綺麗だね。指も細いし、爪の形も可愛い。これならマニキュアいらないね。じゃあもうちょっと服を脱いでー。あー鎖骨と胸鎖乳突筋がエロっ！」

女性に囲まれる経験なんてない俺は、この状況にのまれていた。

もしかしたら、オシャレな居酒屋という雰囲気もあったかもしれない。お姉さんたちは、けっこうお酒も飲んでいたし、部屋にアルコールの香りも充満している。

気づけば指示されるままもみくちゃにされて、俺はほとんど上半身裸に近い状態でソファー席の端に倒れ込んでいた。

もはや、なにがあったかも記憶にない。

「助かったわ、恵。いつもわたしが最年少だからって、的にされることが多いのよ」

「俺のこと……身代わりとして連れてきたの？　生贄？」

「彼氏として連れてきてほしかった？」

「そうじゃないっ！」

いろいろな尊厳を失ったが、俺は涙を堪えて立ち上がった。男の子だ。

「それで、悩みってこれで解決したの？　それならまた配信も——」

「そう、ね。できるだけわたしも努力してみるわ。この集まりが憂鬱で、手が止まっていたのも本当だから」

アマネさんの力になれたのなら、よしとしよう。

しかし俺の期待とは裏腹に、アマネさんの配信は止まったままだった。

5

VTuberの配信は、専業でもなければ他の都合が優先だ。みんなそれぞれ、できる範囲で配信する。

部活にも入っていなければ、バイトもしていない高校生の俺はありあまる時間を配信に費やしていた。青春がこれでいいのか。いや、俺にとっての青春はVTuberなのだ。

大学生というのがどれくらい忙しいものかはわからないが、アマネさんの場合はプロの漫画家でもあるという。忙しくないはずはない。

だから配信が止まってしまうのも、仕方ないことだった。

性別不詳組のコラボ配信も（もうグループとして本格的に活動しているのだから、コラボでもないのか？）、定期的な予定までは決めていない。やりたくなったら誰かが声をかけて、予定の空いているメンバーで配信しているだけだ。

　性別不詳組の配信に、アマネさんが参加できないのも大きな問題ではなかった。

　事前に伝えてくれていたし、今だってメッセージに返事はくれる。

『ごめんなさい。もうしばらく忙しい』

　漫画の制作で忙しいなら、待つしかない。

　ただあの漫画家のオフ会――打ち入りでアマネさんと別れた時、彼女の顔は悩みだったはずの飲み会が終わっても、表情が曇ったままに見えた。

（やっぱり、他にも悩みがあるんじゃないかな？　それっぽいことも言ってたし……）

　できることなんてないかもしれないし、漫画の邪魔はしたくないけれど、俺はそれでもアマネさんに通話をかけてみた。

『どうかしたの？　悪いけれど、配信は――』

「ごめん、急に！　配信のことは別で……俺にまだできることないかなって」

『……またお姉さんに遊ばれたいってこと？　飲み会はしばらく先になるわよ』

「そうじゃないって！　アマネさんの本当の悩み……別にあるんだよね？」

　俺がお姉さんに遊ばれるの目当てだと思われるのは抗議に値する不名誉だったが、アマネさんに冗談を言えるだけの元気があるのは良かった。メッセージのやりとりだけで、アマネさんが思い悩んで寝込んでいたらと勝手な心配までしていた。

「なんでも言ってよ」

『ふぅん、そうまで言うならお願いしようかしら。……明日にでも、わたしの家に来てくれる？　放課後ならどうせケイは暇でしょう』

「えっ、暇だけど……アマネさんの家⁉」

急に家へ呼ばれて驚くが、漫画の手伝いとなれば自宅での作業ということになるのだろうか。しかし漫画を描くことで、俺になにが手伝えるのか。

「威勢のいいこと言ったけど、絵とか描けないよ？」

『そこは期待してない。ただその代わりに、トモも呼んでくれる？　あなたが呼べば多分来るわよね』

「あーその、アマネさん、実は俺もなんでかわかんないんだけど、飲み会の後くらいからトモが様子おかしくて……」

アマネさんが忙しくとも、性別不詳組の残りの三人か、俺とトモの二人で配信すればいいのだが、実はそっちも止まっていた。

理由は不明なのだけれど、飲み会の後——正確に言うと、飲み会の話が決まった後あたりから、トモが俺とまともに話してくれない。

『男の子ってそうだよね。……女の人と飲み会に行くくらいは浮気じゃないって。そのくせ、なにかやらかしたら、酔ったから覚えてない、酒のせいだから仕方ないって。だったら飲み会に行く時点で浮気なんだって、どうしたらわかってくれるのかな』

『……え、なんの話？』

本当によくわからない。

しかも俺がなんとか対話を試みようにも、『ひどいっ、ケイの嘘つき！　私のこと一番って言ったのに！』とか『女と畳は新しい方がいいって言うんだ！』など『女なんて港の数だけいるのが普通だって！』としまいには声をかすれさせ始めた。

状況は理解できないが、怒らせてしまったようだ。

お互いもっと仲良くなりたいと思っているはずなのに、なぜかうまくいかない。

タイミング的にも思い当たることは、トモが飲み会へ行けなかったことだ。行きたがっていたし、悪いことをしたと思う。でも日程は決まっていてどうにもできなかった。俺だってアマネさんの付き添いとして参加しただけだし。

（いくらうらやましいからってあんなに怒らないと思うけど、そこまで漫画家さんに会いたかったのかな？）

『トモになにかしたの？』

「うーん、大したことしてないと思うんだけど」

『あの調子なら、押し倒しても怒られないわよ。よほどのこと、したんじゃないの？』

「いやいや！　俺とトモは親友だけど、じゃれ合うにしても、それはさすがにしないって。いくら仲良くてもないから！」

　性別なんて関係なく親友だけれど、やはり守るべきラインというものはある。

　でも親友だし、肩くらいは組んでも大丈夫だろうか。いいよね、肩組んで夕日に向かってバカ笑いみたいな。ちょっとしたいざこざでケンカするのも青春っぽい。

『トモがわたしの家に来られないのはかまわないけど、早めに謝っておきなさい』

「謝るって言われても……まずなにを謝ればいいのか」

『じゃあ、褒めなさい』

「褒めるってトモを？　トモのなにを褒めればいいの？」

　訳もなく突然褒められないと俺は抗議したが、『それくらい自分で考えなさい』と話を打ち切られてしまった。

　俺よりずっと背丈が低いけれど、やはりアマネさんは年上だ。ぴしゃりと言われると、反論できないなにかがある。

　どうして俺とトモを呼ぼうとしているのかは謎だし、絶対に連れて来いというわけでもなさそうだった。でも、トモを放っておくべきじゃない。

（せっかく、リアルでも親友だって二人して向き合えたばっかりだもんね。……変なところでこじれてそのまんまなんて俺も嫌だよ）

俺はアマネさんとの通話を終えると、そのままトモへ連絡を取った。メッセージにするか迷ったが、文章にするより声で伝えたい。

「あっ、トモ！」

『……なに？』

あからさまに不機嫌そうな声だったが、急な通話に応答してくれただけでも良かった。

（褒めろって言われたけれど……脈絡もなく、なにを褒めたら……）

『全然連絡してこなかったけど……飲み会で綺麗なお姉さんとたくさん知り合ったら、もう私なんてどうでもいいってことなのかと思ってた』

「えっ!? いや、そんなことは……」

トモに聞かれるまま、漫画家オフ会の様子は伝えていた。お姉さんばかりで肩身が狭く気まずかったと話したはずなのだけれども。

（綺麗なお姉さんばっかりだけれど……トモだって可愛いし綺麗で……正直俺の好みで言えば……え、褒めるってそういうことか？）

しかし、親友相手に可愛いとか綺麗とか直接言うのも気恥ずかしい。変に異性として意識している感じもしてしまう。

（だいたいお姉さんたちも綺麗だったけど、俺は遊ばれてたばっかで……）

ものめずらしい男子高校生相手だからって、はっちゃけすぎだ。俺は脱がされかけて、悪い意味でエロいお姉さんだった。いや、なんだエロいお姉さんって。

（エロい……そうだよ、トモはエロガキで、漫画家のお姉さんたちはあのノリにちょっと似てたな……でもやっぱり……）

「お姉さんたちより、トモが一番エロいと思う」

『わっわっ私が一番エロい⁉　ケイの中で、私が一番エロいってこと⁉』

「うん。まあ……そうかな？」

『そっ、そんなっ！』

しまった。いくらトモ相手とは言え、リアルでは女性である相手にエロいなんて失礼だったか？　でも会う前は『トモ、いっつもエロいことばっか考えすぎだよ！』って散々言ってきてたし、今更そこに気を使うのもおかしい。

トモと言えばエロガキというのは、VTuber藤枝（ふじえだ）トモにとってのアイデンティティみたいなものだ。多分、これ以上にない褒め言葉である。

「あ、あの……褒めてるんだよ？」

『うん……突然だからびっくりしたけど、私もケイにエロいって思ってもらえるの、嬉しいよ』

「え？　嬉しいのか……なら良かった。トモはずっとエロかったからなぁ。もう頭の中それしかないくらいで」

『わっ私のことをそんなにエロい目でっ！　ケイったら……それは……そのっ』

予想以上なのだが、最初の冷め切った声が嘘のようにトモの声が明るくなった。

（アマネさんのアドバイスのおかげだ。褒めるのがこんな効果あるなんて……）

エロいと褒められて喜ぶのもどうかと思うが、機嫌も取り戻せたようなので、

「それでさ、実はトモにお願いがあって」

『お願い？　な、なにかな……？』

「家に来てほしいんだけど」

『こばっ!?　ふぇっ……だ、だってそんな、家に呼ぶって……そんな、いくら私がエロいからって……だってその……私たち……そういう関係だってこと？』

急な話でトモも戸惑っていた。オフ会したが、まだリアルでは関係の薄いVTuber同士だ。でもトモは俺のこと家に呼んでくれたし、あまり抵抗はないと思った。

「ダメかな？　……気が進まなかったら、いいんだけど」

『ダメじゃない‼　ダメじゃ……ないけど……私も……でも、まだ早いんじゃないかなって……本当言うと私も待てないくらいだけど、でも段階とかはあるよね？』

「え、なに？　階段？　階段ならあると思うけど」

『そう！　……ケイは、私と一緒に上っていきたいってこと？　大人の……階段』

大人の階段とはなんだろうか。

アマネさんは俺たちからすれば先輩で、大学生だ。アマネさんの家に行くのが緊張するということなのか、それとも階段が苦手なのか。

（トモはお嬢様っぽいし、もしかしたら階段とか普段使わないのかな？　どっちにしても——）

「トモが不安でも、俺が一緒だから！　安心してよ」

『そうだよねっ。ケイと一緒なら私も……で、でも頼もしすぎないかな？　……だって、ケイもそういう経験はないって……』

「経験って？」

『もっ、もしかしてだけど。飲み会の後で……っ！　ケイ、アマネっちと⁉　それともお姉さんと、経験したの⁉　……私と初めてじゃないの⁉』

「え、ないって。俺も初めてだよ」

アマネさんの家には俺も行ったことはない。飲み会の後は二次会もあったみたいだけど、すでに疲れ切っていた俺は真っ直ぐ家へ帰った。多分アマネさんもだ。

『ほ、本当に⁉　じゃあ……ケイも私と一緒に……私で……初めてっ‼』

「う、うん？　えっといいってことかな？　……急なんだけど、明日の放課後って予定空いている？」

『こばばっ⁉　明日の放課後⁉』

「ごめん、さすがに急すぎるよね」

暇人の俺と違って、トモはいろいろと忙しそうだ。家の手伝いがあって、部活動はどうなんだろうか、友達も――。

（俺以外にも友達がたくさんいるのかな……そりゃ、いてもいいんだけど……）

『きゅ、急だよっ！　予定は……空いてるけどっ、準備あるし！』

「心の準備？」

『それもだけどっ！』

どうもトモは俺より気合いが入っているみたいだ。とりあえず気を取り直してくれたし、アマネさんの家にも来てくれるのだろう。

「それじゃあ、明日よろしく。場所は……あ、駅で待ち合わせしよっか？」

『うっ、うん！　……すっごく、緊張するけど楽しみ』

俺もナズナ以外の女子の家というのは初めてで緊張するし（洋菓子店のイートインコーナーは、トモの家としてカウントしなくていいよね？）、遊びではなくアマネさんの悩みを解決するために行くのだけど、なんだか楽しみになってきた。

――あ、アマネさんの家に行くって言い忘れた。まあ、家に行くってのは言ってあるし大丈夫かな？　集合して行くから、場所のことも大丈夫だろう。

6

アマネさんの家は、俺とトモの最寄り駅から四十分ほど電車に乗る必要があった。立地的にはそれほど距離はないのに、電車だと少し遠回りになるのがやや不便だ。一人だったら自転車で行ったかもしれない。

トモとは最寄り駅で待ち合わせすることになっていたけれど、昨日の段階で遅くなるから待ってほしいと連絡が来ていた。アマネさんにもだいたいの到着時刻は伝えているので問題はない。ただ放課後なにも予定のない俺は、トモが来るまでの時間を持て余してしまう。

（どこか入って、時間をつぶすほどでもないし……）

適当に、近くの公園をぶらつく。駅から数分の距離にある大きな公園には、平日のこの時間でも人通りが多い。

ぼーっとしていると、見るからになにか捜している人がいた。キョロキョロと地面を見回して、重い足取りで数歩進むと、はぁとため息をついている。

時間はまだある。

なにを捜しているのかはわからないけれど、それらしいものが落ちていないか俺も気にしてみよう——と歩けば、青いウサギのストラップが転がっているのを見つけた。

（全然関係なかったら恥ずかしいけど）

相手は、近隣にある女子校の制服を着ていた。変に声をかけて、ナンパだと思われないか心配だけれど、捜しているのがこのストラップの可能性も十分ある。

「あのぉ……なにか捜しているみたいですけど、もしかしてこれだったりします？」

おっかなびっくりに、青いウサギを盾にしながら話しかけてみると、

「あっ！　それです！」

持っていた俺の手ごと、ウサギを両手で握られた。俺より少し小柄な女の子だ。可愛（かわい）らしい手につつまれる形となってしまい、なんだかドキドキする。

「よっ、よかった！　そ、それじゃあ……その……」

俺はそそくさとその場から逃げようとしたのだが、手を離してくれなかった。

「お礼させてください。……その、お茶かなにかどうです？」

「たまたま見つけただけだから、気にしないでよ」

と遠慮したのだが、結局押し切られるように、自販機でホットの紅茶をごちそうになってしまう。指先が冷えていて、ありがたいにはありがたい。ただ見つけた場所はすぐ近くだったし、あのままでも、彼女は自分で見つけていたんじゃないだろうか。

（それで紅茶までおごってもらうと、かえって悪いな……）

「本当にありがとうございました。……これ、すごく大事なものなんです」

改めて、深々と頭をさげられる。「そんなそんな」と俺は挙動不審になった。

「……あの、ムサ高ですよね？　あたし、イノ女で」

「う、うん。俺、高二で」

「あたしも高二です。あ、百瀬千世っていいます」

「百瀬さん……えと、俺は栗坂恵です。よろしくお願いします」

名乗り返して、軽く会釈した。コミュ力がないため、これだけでちょっとおたおたしてしまう自分が情けない。

MILK TEA

「ダメですよね。よかったら、呼び捨てで敬語もなしで」

「えっ……じゃあ、敬語だけなしでもいい？　百瀬さんもよかったら」

「ありがとうございます。そうさせて……もらうね、栗坂君」

そう言って、百瀬さんはにこりと微笑む。

肩にかかる黒髪を二本のおさげにして、特徴の薄い黒縁眼鏡という地味な装いの百瀬さんだけれど、よく見るとすごく整った顔立ちだった。どこか中性的にも見えるし、今の微笑みやしゃべり方は俺がやりたかったスマートさだ。

（なんか、カッコイイ子だな。それにこの声どこかで……）

どこか聞き覚えがある。百瀬さんの声を頭の中で検索にかけていると、

「……栗坂君の声」

「俺の声？」

「可愛らしいなって。あっ、ごめん。初対面の男の子に可愛いなんて悪いよね」

一瞬、百瀬さんも俺の声に聞き覚えがあるのかと思ってしまった。

小さい頃に会っていて、偶然の再会だった――みたいなことは、多分なさそうだった。

よく考えると、俺に女の子の友達がいないのは、昔からだ。ちなみに、同性の友達もほとんどいないから「えっ、あの頃は男だと思ってたけど、実は女子⁉」というのもできない。

だいたいそれはトモで十分だ。

そのまま、二人してペットボトルの紅茶を飲みながら、たわいもない話をした。

「最近、いろいろあって余裕なくしてたから……栗坂君がいなかったら見つけられなかったかもしれない。そっちの道も、あたし一度見たはずだったし」

「なにか悩みとか？」

「うーん、悩みって程じゃないけどね。友達……親友が、最近ちょっと様子がおかしくて……」

「百瀬さんも⁉　俺も！　俺も親友が……最近よくわかんなくて……」

不思議な偶然もあるものだ。

聞けば、先ほどのウサギも親友とおそろいで買ったものらしい。

（いいな、親友とおそろい。俺もなにか……トモと……男女だと変な感じかな？　そんなことないかな。性別と友情は関係ないし……）

百瀬さんが話しやすく、トモとの約束の時間まであっという間にすぎた。

別れ際にもう一度お礼を言われて、連絡先まで交換してしまう。

もしかして、女子の友達ができたのか。幼馴染みと親友はいるが、友達は初めて——いや、アマネさんとミィさんがいる。ただ二人はVTuberとしては友達だけれど、リアルで友達かといわれると難しい。トモとだって、リアルではまだ親友と断言できない。

（これから……トモとアマネさんとは、今日もっと仲良くなるぞっ！）

登録者十万人を目指して――というのは抜きにしても、まずは性別不詳組のみんなで団結してセレネさんとのコラボ配信を実現したい。

セレネさんは『予定さえあえば是非参加してほしいです』なんて人気VTuberにあるまじき腰の低さで誘ってくれたけれど、できれば今より人気になって配信にお邪魔したい。

なんせ、ただのコラボ配信ではなく、呼ばれたのはあの大企画『宴百年（うたげひゃくねん）年末大宴会』なのだ。

その名のとおり、セレネさんが毎年恒例で主催している大晦日（おおみそか）の企画配信。もともとは、セレネさん個人の企画配信だった。

人気もあって交友関係も広い彼女がVTuber仲間をゲストに呼んでいる内に、どんどん規模が大きくなって、気づけばVTuber界隈（かいわい）でも一大イベントとして知られている。

参加できるだけで光栄なことだけれど、人気VTuberがたくさん集まってくる中で、『性別不詳組ってなに？　誰あの甘露（かんろ）ケイって無名VTuber？　なんでイベント呼ばれたの？』みたいに場違いな空気にはなりたくない。

（俺一人でも頑張るつもりだけど、性別不詳組で呼ばれているし、できればみんなでたくさん配信したいな……）

　自分なりに気合いを入れ直して、トモと合流したら、

「あっ、ケイ！　……その、今日はよろしく」

　トモはいつもよりさらに頬を赤らめて、どこか落ち着きがない。しかしそんな様子よりも服装が目に留まる。

「えっ……トモっ⁉」

　放課後に集まったのだから、てっきりトモも制服だと思っていた。

　しかし、そこに現れたトモは、なぜかめちゃくちゃオシャレしていた。

　——なんでっ⁉　気合い入りすぎじゃない⁉

7

　電車内の椅子に、並んで座っている。

　俺の横にいるトモは、美少女なのはもう知っていたけれど、今日はまたまぶしいくらいにオシャレで——。

（いやいや、トモ相手に見とれてどうするっ⁉　トモはエロガキ……俺の親友……）

　さっきから心臓がバクバクとおかしく、会話もろくにできないままだった。

「……着替えてきたんだね？」

「う、うん……もしかして制服の方が良かった？　制服、好きな男子もいるよね」

「えっ、いや、好きとかじゃなくて……」

「初めてだし、できたら一番お気に入りの服がいいかなって……変、かな？」

女子のファッションのことはよくわからないが、モデルかアイドルみたいだ。本当にあのエロガキのトモと同一人物なのか、と何度目かになる困惑で脳が止まる。

「……似合っているよ、可愛い」

「うへっ……うれしい！　あっ、お気に入りだけど、汚しても大丈夫だからね？　タイツも破いて平気だから」

「えっ？　……なんの話？」

アマネさんの協力が具体的になにかはわからないけれど、服が汚れるような大仕事を頼まれるとは思えない。漫画に関する悩みのはずだし、そんな心配は不要じゃないか。

「あっ、そうだ。電車乗ってるから、気づいていると思うけど、向かっているのは俺の家じゃなくて」

「わっ、私も声とか心配だったし！　場所はその……ケイに任せるよっ。離れたところのが知り合いにも見つからないし……でも、制服って平気かな？　止められない？」

「えっ……制服ってやっぱ失礼なのかな？」

「失礼というか……その、年齢的な……問題が……」

大学生の家へ招かれるのに、制服というのはよくないのか。確かに俺の家にパッと見でわかる小学生が何人も出入りしていたら、近所の人たちは不審に感じるだろう。

「どうしよう、どっかで適当に着替えた方がいいのかな」

「だっ、大丈夫だよ！　ネットで調べたら、制服で入っている人もいるって書いてあったし……」

「ネット？　……一応、アマネさんにも聞いてみようかな」

「アマネっち？　……大学生だし、そういうの詳しいの？」

詳しいというか、家主に聞くのが一番確実だからなのだけれど。

「ごめん。さっきからかみ合ってない気がするんだけど……今から、アマネさんの家に行くんだよ？」

「アマネっちの家⁉　ふぇっ……そ、そんな、場所は任せるって言ったけど……それはさすがに……ケイちゃん、アマネっちの家をなんだと思ってるわけ⁉」

「待って待って、アマネさんに呼ばれたんだよ？」

「アマネっちに呼ばれて⁉　ど、どういうこと、もしかして……三人でするってこと⁉」

やっぱり俺が話していなかったせいで、トモがなにか勘違いしていたようだ。悪いことをしたと謝ろうとしたのだが、

「ひっひどいよっ！　だって、初めてで……初めてなのに三人ってどういうこと⁉　ケイちゃん、自分も初めてだから……年上のお姉さんにリードしてもらいたいの⁉　それじゃあ、アマネっちが初めてに……そんなの嫌っ！　三人なのも嫌っ！」

「えっ、あの電車で大きな声は……」

「男子は三人とかハーレムとか当たり前だと思ってるんでしょっ！　でも私、嫌だよそんなのっ。だってやっぱり二人がいいもん、私だけのこと見てほしいよっ。私がエロいからってそこは勘違いしないでほしい……っ」

「……どういうこと⁉」

いつもの冗談なんだろうか。ハーレムとかエロいとか、配信中のトモなら頻出ワードではあるけれど、リアルの電車内で騒がれると非常に困る。

「ケイのこと見損なった！　私、帰るっ」

「ええええ⁉　ごめん、俺が事前に説明してなかったせいだから、そう言われたら、俺もなにも言い返せないけど……」

「……ケイは、それでいいの？」

「悪いのは俺だし、仕方ないから一人で行くよ」

まさかトモがここまで怒るとは予想できなかったけれど、完全に俺の失態である。アマネさんには悪いけれど、今回は俺一人でどうにかするしかない。

「一人でも行くの⁉　アマネっちと二人でってこと⁉」

「それは、そうなるけど？」

「そっそんなの……ひどすぎるよ……っ。私、ケイのこと本気で……それなのにケイは誰でもいいっていうの……？」

しまいには、トモはポロポロと泣き始めてしまった。

(百瀬さん……張り合うわけじゃないけど、絶対俺の親友の方がおかしいよ。俺がなにしたっていうの……トモはどうしちゃったの)

けれどあのスマートな百瀬さんは『親友でも、しっかり話し合ってお互いを理解していかないとダメってことなんだろうね』と言っていた。

「ごめん、トモ！　ちゃんと説明するから、聞いてもらえないかな？」

トモが怒って、泣いているのには訳があるはずだ。

俺も冷静になって、もう一度ことの経緯を最初から説明する。

「へっ⁉　う、嘘……悩みを解決する手伝い……漫画の協力っ⁉」

「良かった。……誤解が解けたみたいで……」

最初は「聞きたくない」と暴れていたトモだったけれど、俺がそれでもなんとか話していくと「こば⁉」とか「嘘だって」や「エッチは⁉」などと奇声をあげつつ、静かにしぼんでいった。

「ごめん。私そのっ、全部勘違いだったみたいで……」

「俺こそ、本当ごめん」

落ち着いてくれたトモは、耳まで真っ赤にして小さくなっている。

泣きやんでくれたのは良かったけれど、悪いのは俺だからそう落ち込まないでほしい。

元気づけようと、適当な話を振ったけど、トモはどこか上の空で、なんとも言えない空気で目的地についた。

8

思わず、送られてきた住所を何度か見返してしまった。それくらいに、

「豪邸だね……すごい……」

圧倒されるくらいのたたずまいに、独り言のようにつぶやいた。横にいるトモはあいか

わらず反応がないままだ。

自宅にピアノも入る防音室があると聞いていたから、けっこう広い家なのではないかと思っていたけれど、まさかこれほどまでとは。

誤解は解けたのに、トモはずっと顔を赤くして黙っている。勘違いしていたことが恥ずかしかったのだろうか。

正直、なにをどう勘違いしていたのかわからない俺からしたら、「悪いのは俺だから気にしないでよ」としか言いようがなく、あの後も何度か謝ったのだが、トモの方も「ごめん」としぼんでしまう。

「これは、一人だと敷居またげなかったかも。トモが一緒でよかったよ」

「ケイ……」

アマネさんから「言葉通り、手土産はいらないから。わたしが呼んだんだから気にせず来て」と言われていたが、この家を前にすると不安になる。

家にはアマネさんしかいないらしく、それがぎりぎり救いだ。こんな豪邸の持ち主であるご両親に、手ぶらで来ましたとは言えない。

呼び鈴を鳴らすと、「すぐ行く」とアマネさんの声が返ってきた。

「どうぞ、上がって」

「あのっお邪魔します！　本日はお招きいただき非常にっ、えと……」

「そっちが外靴用の靴箱で、まあ靴はそのままでいいわ。横がスリッパ用の靴箱だから、好きなものを履いて。素足でも構わないけど」

「……スリッパ用の靴箱？」

玄関の広さ、綺麗さに戸惑っている最中で、さらりと耳慣れない言葉が出てくる。取っ手を引くと、中には上品なブラウンのスリッパがサイズ別にいくつも並んでいた。

「……一応、履こうかな。トモは？」

「う、うん。私も」

二人しておそるおそるアマネさんについていくと、これまた広いリビングへ案内された。なんだろう、天井がとにかく高い。変な石とか飾ってあるし、大きな観葉植物もある。

「座って。飲み物出すわ。……希望はある？」

お任せして、借りてきた猫の気分でソファーに座る。トモも横に座るが、心なしか距離があった。

アマネさんが人数分のコーヒーをいれて戻ってきた。俺はそのままでは飲めないので、ミルクと砂糖を許されるギリギリまで入れた。トモも横で同じようにしていたが、アマネさんだけは真っ黒なままのコーヒーを澄ました顔で飲んでいる。

（この人、本当に大学生だったのか……）

一段落したところで、アマネさんが本題に入った。

すっかり静かになったトモだが、電車では『私、漫画のことあんまり詳しくないけど……力になれるかな……』とも心配そうだった。俺もプロの漫画家さんにアドバイスできる知識や能力なんてない。ただ俺とトモが呼ばれたからには、意味があるのだろう。

「二人には、わたしに青春を教えてほしいの」

「せっ青春を――教えるっ⁉」

「編集の人から、新作は青春ものに挑戦してほしいって言われたの。だけどわたし、そういう経験がないからわからなくて……正直、苦戦しているわけ。これがわたしの一番の悩み。そのせいで配信する時間もなくなってるのよ」

なるほど、と一応は俺とトモが呼ばれた理由がわかる。

「それで主人公は高校生の予定だから、二人にそれらしい話を聞ければ、参考にできるかと思ったの」

「漫画の取材がしたかったってこと？」

「それができたら良かったんだけど……トモはともかく、ケイも大した青春は送ってなさそうね。高校生のくせに、配信しか趣味がないなんて」

「ちょっと‼　呼び出しといてそれはっ……事実だけどさっ！」

反論したかったけれど、灰色の学生生活で青春に飢えていた。

「私もそういうのは……ずっと女子校だったし……」

「……女子校関係ある？」

「そう、まあ想定範囲内ね」

アマネさんが何度かうなずく。俺たちがろくな高校生活を送っていないと思われていたようだ。非常に失礼である。

「もし二人が、わたしが漫画の参考にできるような青春を送っていたならわざわざ呼び出す必要もなかったもの。通話で聞けば済むし」

「えっ、じゃあどうするつもりなの？」

「わたしのインスピレーションさえ湧けばいいから、二人で試しに青春っぽいことを実演してもらえない？　指示は適当に出すから」

「……俺とトモで？」

「そう、ダメかしら？」

アマネさんの青春系漫画の参考に、俺とトモで青春っぽいことをやって見せろということらしい。

「俺とトモで青春っぽいこと――やるよっ！　あっ、でも……トモは、どうかな？」

　青春、つまり友情ということだろう。高校生の青春と言えば、友人同士での思い出に尽きるはずだ。

　リアルでも、トモと親友らしいことしたいとずっと思っていたくらいだった。具体的にどんなことをするのかはわからないが、俺としては願ってもないような話である。

　ただトモの方はどうだろうか。

　誤解こそ解けたが、完全にテンションが下がっている。事の原因である俺を、呆れているのではないだろうか。

「トモが気乗りしなかったら、俺は全然一人二役でも……」

「わっ私とケイで、青春の実演っ！　それって、つまり私とケイがっ！」

「二人の配信とオフ会の様子なら頼めると思ったんだけど、どうかしら？」

「私っ、やるっ！」

　トモの顔が、パッと明るくなった。

「だって、青春ってそういうことだよね……私、そういう漫画けっこう読むし……憧れとかちょっとあったし……いいよねっ、ああいう甘酸(あまず)っぱいの」

「甘酸っぱい？」

どちらかというと俺は、暑苦しいみたいなイメージだった。そこはやはり、男女で多少イメージに違いがあるんだろうか。

（もしかすると、トモは俺に女子同士がするような友情を求めているのかな？　……どうしよう、できればトモの希望にも応えたいけど……俺は男子同士の友情が……いや、ダメだ！　ここで自分のことしか考えられないなんて、そもそも全然友情なんかじゃない！）

「アマネさん！　なんでも言ってください！　俺、トモとだったらどんな青春でも大歓迎ですっ！」

せっかくトモがやる気を出してくれているんだ。俺も全力で挑もう。アマネさんの悩みを解決できるなら、最初からできる限りのことはやるつもりだったのだ。

「さっそく頼んでいいかしら。……手をつないで、そこを並んで歩いてくれる？」

アマネさんが指さしたところには、リビングから続く廊下のような場所がある。俺の家には——庶民の家には、こんな床面積を無駄使いする空間なんてない。

（これだけ豪邸だと、家の中でも青春っぽいことができるのはすごいけど）

「アマネさん、手をつなぐって言いました？　肩を組むとかじゃなくて？」

「手よ。なにか問題でも？」

「えっ、だって……手は……」

「ケイっ！　ほ、ほらっ、ちゃんと綺麗にしたからっ」

トモは手提げからハンカチを取り出して、ぐいぐいと力強く拭った手をこちらに差し出してきた。

「えっ、いいの⁉　だって手をつなぐって……」

男女でそう簡単に手をつないでいいものなのだろうか。最初に会ったとき、握手ならした。でもつないだまま歩くのは、おかしい気がする。

（でも、女の子同士で手をつなぐのは普通なのかな？　……むしろ、肩を組むのは珍しいかな）

「わかったよ。つなごう！」

さっき頑張ろうと決めたばかりだ。俺はトモの――女子の友情に合わせることにする。

俺にとっては、これは親友の握手だ。手をつないで歩くというより、握手したまま移動するようなものと思おう。

「緊張するね」

トモの言葉に、俺は無言でうなずく。アマネさんが本格的なカメラを構えて待ちかまえる方へと向かって、二人で手をつないで歩く。

相手は美少女でも、親友のトモだ。それなのに、どうしようもなく緊張してしまう。

「ケイ、顎を前に出さないで。トモは手と足がそろっているから。もう一回」

アマネさんの指摘が入ってやり直す。アマネさんは何枚も写真を撮っていたが、表情の変化がないのでうまくいったのかわからない。歩いている方としては、想像以上に気恥ずかしくて、そろそろ別の青春っぽいことを試したかった。

「……どう？　参考になりそう？」

「いまいちね」

「……やっぱこうさ、もっと熱い感じがいいんじゃない？　青春って、汗が飛び散る感じでさ」

「ケイちゃんっ⁉　二人で熱く汗をかくって……それはちょっと過激なんじゃない⁉　わっ、私はその……いろいろあって偶然にも準備は万端だけど、漫画の資料にされるのは抵抗があるかもなっ⁉」

俺の提案に、トモがやたらともじもじしている。

（そうだよね……トモはオシャレしてきているし、汗をかくのは嫌だよね。くっ、女子に対してなんて気遣いがないんだ俺はっ）

「ごめん。ばっと脱げればいいんだけど」

「脱ぐっ⁉　そ、それは……だから、できれば二人きりの時だけにしてもらえると……」

「えっ⁉　ああ、うん、それはもちろん。着替えるってなったら、俺はどっか行くから、アマネさんと二人で」

「アマネっちと二人⁉　ケイちゃんは私たちになにを——そういうの好きなの⁉」

運動しやすい服装に着替えてもらえればと思ったが、トモは乗り気ではないようだ。

他にもアマネさんの指示の下、ソファーに並んで座ったまま恋愛映画を見て俺の肩にトモが頭をのせたり、口でトモのシャツのボタンを外させられたり、テーブルに向かいあってお菓子を食べさせあったり——。

（いやっ本当にこれ青春なの⁉）

アマネさんの悩みを解決するためとはいえ、俺とトモはとんでもないことをしているのではないのか。こんなこと、いくら仲が良くても親友同士がするのだろうか。

「アマネさんっ、ちょっと青春のセンスなさすぎるって！　全然青春じゃないよっ」

「もっと過激なのが好みだった？」

「……ケイちゃん、私もう鼻血出そうなんだけど」

「ええっ、トモ大丈夫？」

オフ会のカラオケでも鼻血を出して倒れていた。もしかしたら、鼻の粘膜が弱いのかもしれない。

「今日は、これくらいね。二人とも、協力ありがとう」

「力になれたのかすごく不安なんだけど……」

「とりあえず、今日撮った写真見返しながら、なにか描けないか考えてみるわ」

「うへへっ……予定とは違ったけど……楽しかったね」

トモも嬉しそうなのは良かった。俺としては正直、もっと男同士の友情としても通じるようなことをできれば——と思ったが、だいぶ疲れたし、アマネさんがもう十分だというなら、しょうがない。

アマネさんの漫画が順調に進むことを願って、この日は解散となった。

9

数日たって、性別不詳組の四人で通話を開いた。次のコラボ配信を決める予定だ。アマネさんから「わたしも参加できる」とのことで、久々に全員がそろう。

「……アマネさん、漫画はあれからどう?」

配信の話ではないが、俺は気になっていたことをたずねる。「参加できる」のが話し合いだけなのか、配信もなのか——なによりあんな協力しかできなかったけど、うまくいっているのか気がかりだった。

『わたしには難しそうね。編集の人と話して、今回の件はなしにしてもらうつもりよ』

「そ、そんなっ！」

『あれだけ手伝ってもらったのに、悪いわね』

「そうじゃなくて……諦めちゃっていいの⁉」

アマネさんの家に行った時、休憩がてら、アマネさんが描いた絵やボツになったネームの山を見せてもらっていた。散々悩んで、苦労していたのがわかる。だから、よく考えた結果なんだろうし、第三者の俺が簡単に考え直せというのもおかしい。

だけど——。

『漫画自体、絵を描くことの延長で始めて、たまたま商業誌に載るようになっただけだから。編集の人と馬があって、漫画を続けてきたけど、無理に描きたいわけじゃない』

アマネさんの声は平坦で、そこにどんな感情があるのかはわからない。

『だから漫画のことはもう気にしなくていいわ。配信、また前のように再開するから』

「それは、嬉しいけど……」

どうにもやりきれない。

ミィさんがそれを察したのか、ただ茶化したのかわからないけれど、

『アマネ先輩の家お呼ばれしたんですか⁉　ズルいですよーっ、みんなだけ楽しそうなこ

と っ！ 令も、アマネ先輩のお家行きたかったですっ』

とはしゃいで、

『へー、漫画の取材したんですか。うまくいかなかったの、ケイ先輩が男らしくないからじゃないです？ 言ってくれたら令、やりましたよ、王子！ 令、実はリアルでも男装とか得意なんですっ。ケイ先輩より、いいモデル間違いなしです！』

などと失礼極まりないことまでぬかしていた。

この中学生め。VTuberではイケメン王子で女子人気あるけれど、リアルではさすがに俺が負けるはずないだろうに。

結局その流れで、次の配信では『性別不詳組No.1イケメン対決』などという企画案が出てきてしまった。

(女子三人が男子である俺と勝負になるわけがないし、企画失敗なんじゃ……でも俺がぶっちぎりで勝って、視聴者から見直してもらえるのは悪くないな)

そんなこんなで、また性別不詳組の配信活動が前へと進んでいたのだけれど。

――やっぱり、俺はまだ諦められないっ！

よくよく思い返せば、アマネさん自身が青春めいた経験不足という話だったのに、青春っぽいシチュエーションを決めたのが全部アマネさんだったのは間違いではないか。もちろん俺も経験自体は少ないけれど。

（そうだよっ。俺はトモとリアルでしたい青春っぽいことを妄想してたから、アマネさんよりもリアリティのある青春シチュエーションを提案できたはずじゃないか!?）

そう思うと、このまま諦めるのは後悔してしまう。俺の自分勝手な考えだけれど、アマネさんにもう一度、青春漫画へ挑戦してほしいと連絡した。

『……ケイ、そうまでしてなにが目的なの。わたしの配信を心配して、手伝ってくれていたのよね？　復帰するんだから、漫画のことはいいんじゃないの』

「それはそうだけど」

『わたしの漫画が順調になったら、結局そっちが忙しくなって、また配信の頻度は減る可能性もあるわよ。仕事が増えるわけだから』

正直、そこまで先のことは考えていなかった。

俺の自己満足で、性別不詳組の活動が減ってしまうかもしれない。

「でも、俺の青春シチュエーションも試してほしくて……もう一度だけ、ダメかな？」

『次の土曜日なら。週明けまでにネームができれば、ぎりぎり期限に間に合う。ただ提出したところで、今のままだと編集の人にNGもらうだけね』

「行くっ！　でも土曜日か……トモは、忙しいかも。俺だけでも、いいのかな？」

『……わたしはどっちでもいいけど。もう諦めもついているから』

俺のわがままだ。期限もある以上、日程は変えられない。

しかしトモがいないとなると――。

（えっ、どうしよう!? やっぱり諦めようって言えないし……いやでも、一人だってできることはあるはずだよね）

アマネさんを付き合わせる以上、ダメ元なんてのも迷惑だろうが、俺はそれでももう一度自宅へお邪魔することにした。

二度目となると、豪邸を前にしても心持ちは穏やかだった。

「それで、どうするつもりなの？」

「今日は俺が、いい感じに青春っぽいシチュエーションを実演してみせるので！ ……俺一人なんで、にぎやかさにはかけるけど」

さっそく、俺はここ数日必死に集めた青春らしいシチュエーションをアマネさんに披露する。

ちなみに今回は俺から来たいと言ったこともあって、手土産を持ってきたが、

「なに……メンチカツ？」

「地元で人気なやつだよ。美味しいから食べて」

「……斬新な手土産ね」

どうやらチョイスを間違えたようだった。洋風な家で、ようかんよりもカタカナの食べ物が似合うのではないかと思ったが、揚げ物は違ったのかもしれない。今回もご両親が不在だったのは幸いだった。

「えっと、まず太鼓ってある？」

「……太鼓？」

「アマネさん、演奏用の防音室あるって前に言ってたよね。ピアノの他にも楽器ないかなって」

「……演奏用の防音室はあるし、楽器もいくつかあるけど」

アマネさんは子供の頃、ピアノをやっていたと聞いたことがある。淡い期待だったが、

「あるのは、ドラムスくらいね」

やってきた防音室には、残念ながら太鼓はなかった。ドラムも打楽器だけれど、俺が求めているものではない。

「……すみません、太鼓じゃないと」

「太鼓になにがあるのよ」

「俺、子供の頃町内会でお囃子やってたから、叩けるんだよ！　太鼓ってやっぱすごい男らしいし、青春って感じするでしょ⁉」

いろいろ考えて、太鼓を叩くという日本古来の男らしいふるまいこそ一番だと思ったのだが――。

「ねえ、ケイ。あなたずっと勘違いしていない？　青春って……多分あなたが思っている類いのものじゃないわよ。わたしが描こうとしているのは、青春恋愛もの」

「え？　恋愛？　青春って……友情じゃ……」

なにかが、ガラガラと崩れていく。

「待ってよ！　じゃあ、俺とトモが散々やっていたことは⁉」

「高校生の恋愛イメージね」

「なっ、なんてことさせてたの⁉」

俺とトモは知らない内にとんでもないことをさせられていた。そりゃ恋愛と友情では、イメージする青春像も違うはずである。

「逆に、なんだと思ってたの」

「だって……っ！」

トモがすんなりと従っていたのもあって、こういうものなのかと納得していた。しかし俺もちゃんと確認しなかったのが悪い。悪いけど――。

（トモは俺と恋愛のまねごとをしてなんとも思わなかったのかな？　もしかしたら、トモも気づいてなかった？　ありえる、トモって抜けてるところも多いし）

「じゃあ俺がいろいろ考えて……練習もしてきた、片手で缶ジュース開けるやつとか、カタカナの料理つくるとか、バスケのフリースローとかは役に立たないってこと⁉」

「それがケイの男らしい青春なの？」

　アマネさんの目が、いつもより細くなった。

「準備してもらったのに、悪かったわね。ちゃんと説明するべきだったわ」

「くっ……いや、こういうのってよくあるからっ」

　先日俺もトモと同じような行き違いを起こしたばかりだ。今回に関しては、むしろ気づかなかった自分が恥ずかしい。

「……そんなに本気で、どうにかしようとしてくれていたの。ありがとう」

　表情の読めないアマネさんは、てっきり呆れかえっているんだろうと思ったが、突然頭を下げられた。

「まあ、役には立ちそうにないけど」

「すみません……」

「気持ちだけでも嬉しい」

アマネさんは「来てくれる?」と言って防音室から出た。黙ってついていくと、アマネさんの自室へ案内される。

「ピアノの話はしたと思うけど、他にもヴァイオリンとフルート……あとは楽器以外にも、テニスとか弓道とか、語学なんかも……趣味でいろいろやっていたのよ」

俺の家のリビングよりも広そうなアマネさんの部屋は、綺麗に整頓されているけれど、物がかなり多い。壁には楽器のケースがいくつもたてかけられ、大きな本棚には専門書や教本が大量につめこまれている。一番目立つところには、美術系の本や資料の山が並んでいて、広々した机の上にもデジタルで絵を描く環境が整えられていた。

「多才だ！　アマネさんはスーパーキッズだったんだね」

「なにその横文字。やめて」

「……神童?」

「そういうのでもないの。どれも結局中途半端(ちゅうとはんぱ)にやめてばかりで」

そうは言うアマネさんだったけれど、端に置かれたガラスケースの棚にはトロフィーや賞状が飾られていた。どれもこれも、それだけ実力があるということだ。

「小さい時は、本気でピアノやっていたのよ。それこそ、プロになりたいって」

「プロっ！　でも小さい時って」

「なに？　今も小さいって言いたいわけ？」

「いやっ！　そうじゃなくて、やめた理由が気になっただけで……っ」

アマネさんが今よりも小さい姿が想像できないな、とは思っていたけど。

「始めたのが、そもそも軽い気持ちだったの。たまたま親と行ったレストランで演奏していたお姉さんに憧れて。背が高くて、綺麗な人だったわ」

そう言って、アマネさんは棚から取り出した楽譜をパラパラとめくる。譜面のかすれ具合や、表紙のまるまった角でずいぶん年季が入っているとわかった。

「でもね、わたしは見ての通り、背がこれだから。ピアノって手の大きさが大事なのよ。センスがいいって先生に褒められてたんだけどね。どうしても、上を目指すには厳しいなって、諦めちゃったわ」

ピアノのことに詳しくないけれど、広い鍵盤を縦横無尽に動くには手の大きさや指の長さが必要なのだろう。

「その後、だったらヴァイオリンはどうだって勧められて、けっこう楽しかったわよ。コンクールにも出たし、ほら、それとか」

アマネさんが賞状の一つを指さす。英語なのかフランス語なのかドイツ語なのか、よくわからない言葉が並んでいる。

「でも続けようってつもりになれなくて。他のもそうね。短いと半年くらいで、長くても数年もすると満足したわ」

「えっと……つまり……？」

アマネさんがなにを始めてもすぐ上達して、賞状をもらえる才能の塊だって話——ではないんだろうけど。

「漫画のことも同じ。ケイがそんな気にかけることじゃないのよ」

「アマネさん、それが言いたくて……別に俺はそんな」

「あら、ずいぶんと真剣だったから、わたしも普段あんまり話さない身の上ってやつ、教えてあげたんだけど」

「……VTuberの時は、ぽやぽやなんでも話すみたいな感じだったのに」

本当に、リアルのアマネさんはVTuberの時とは全然違う。

VTuberのアマネさんは、ぽわぽわとなんにも考えていないようで、どんなことも受け入れてくれるような包容力があって、それに全然人のことを警戒したそぶりを見せない。

リアルのアマネさんは、無表情のせいで不機嫌そうに見えるし、外見に似合わず年上らしいしっかりしたところがあって、どこか人を寄せ付けないオーラがある。

でも、やっぱりどちらもアマネさんで――。

10

わかっていたことだけれど、アマネさん自身はもうとっくに諦めがついていて、諦めの悪い俺のために自分の過去を話してくれた。

悔しいけれど、俺にできることなんてもうない。

「漫画は、これからも描くんだよね？」

「いくつか仕事が決まっている分は描くけど……その先は考えてない。今回行き詰まる前から、わたしの描く漫画ってキャラがないって言われてたのよ。多分、ろくに人付き合いしてこなかったせいね。実を言うと、VTuberも苦手な人付き合いの代わりに始めたの」

「えっ⁉　それって……つまり漫画のためにVTuberしてたの？」

「それだけじゃないけど、一番は、もっといい漫画が描けるように」

よくわからないが、多分VTuberとして配信することは漫画を描くための参考になる類いの人付き合いではないと思う。

（コメントは流れてくるけど、あれは人付き合いじゃないよ）

「じゃあVTuberは⁉　アマネさん、漫画のために始めたってことは……漫画やめたら、そっちもってことに……」

「やめることは考えてないわ。今のところは、だけど」

　不安を否定してもらって、ひとまずほっと胸をなでおろした。でもアマネさんが抱えている悩みは、これからもずっと続くんじゃないか。

　多才な分、なんでも挑戦して、ダメならすぐ諦めるのは間違っていないのかもしれない。俺みたいに、趣味も特技もほとんどない人間からするとうらやましいくらいだ。

「アマネさん、……俺はVTuber続けるよ。目標があるんだ」

「目標？」

「登録者十万人！」

「……思ったより、大きく出たわね。今いくつなの？」

　俺はちょっと視線をそらしながら、「四捨五入したら五千」と言う。

「一万から目指したら？」

「指数関数的観測からして年内には一万、三年後には十万の予定だからっ！」

「希望的願望のこと？　うまくいくといいわね」

　アマネさんに、鼻で笑われてしまう。「違うもん、プロデューサー兼データアナリストが言ってたんだもんっ」と幼馴染みを勝手にアナリストへ兼任させてみるが、「はいはい」と流されてしまった。

「俺だって……簡単に達成できるとは思ってないけど、でもVTuber楽しいし、うまくいかないことがあっても、頑張ってやってこうかなって」

「……ケイはなにが言いたいわけ？」

「だからっ！　……そりゃ、仕事で……プロで漫画描いているアマネさんに、こんなこと言うのはおかしいけど。でもさ、アマネさんが楽しいなら……やめる必要ないよ」

アマネさんに比べたら、俺がVTuberをやっていて抱えた悩みは小さなものだろう。なんだ美少女として勘違いされているって。でも悩んだのは本当だし、それでもVTuberをやっていて楽しいことには変わりなかった。

集まってくれる視聴者、流れてくるコメント、一緒に配信してくれる仲間たち。

楽しいから、目標が遠くても、俺はやめるなんて考えていない。

「ピアノだって、そうでしょ？　……アマネさん、まだ弾いてるよね？　漫画もVTuberも……楽しいんだったら、やめることは考えなくていいんじゃないかな」

アマネさんはピアノをやめたと言っていた。

だけど、さっき防音室で見たピアノは、椅子の高さがアマネさんに合わせてあった。楽譜だって、何度も使っているのがわかる。

「向いてるか向いてないかとか、うまくいくかどうかなんて、決めつけるの早いよ。アマネさん、俺よりは年上だけど……まだ学生でしょ！　そういう簡単に諦めをつけるところが、青春できない原因なんじゃないの⁉」

「……励ますんじゃなくて、説教するつもりだったの？」

「えっ、いやそんなつもりは……俺は、アマネさんの悩みを解決できないかと……」

「まぁ、そうね。……ピアノは確かに今でも弾いているわ。補助ペダルも必要なくなったし」

ついついえらそうなことを言ってしまったが、アマネさんは穏やかな表情だった。怒ってはいないようでなによりだけど。

「すぐ投げ出してきたから、楽しいかなんて考えていなかったわ。でも漫画は……うまくいってなくても、どうにかしたいって悩んだくらいだから、楽しかったのかもね」

他人事（ひとごと）のような言い方だったけれど、アマネさんの表情が少し晴れたように見えた。

「……ケイのこと、青春してないって言ったけれど撤回するわ」

「え？」

「ケイみたいな、ろくに現実を考えないタイプの人間って青春漫画の主人公に向いてそうだもの」

「……あの俺、すごくバカにされてない？」

11

アマネさんが、少しでも前向きになってくれればと期待してはいたけれど、

「ええっ!?　ネーム描けて、しかも編集さんからＯＫもらったの!?」

『ケイのおかげよ』

性別不詳組の打ち合わせで、『ごめんなさい、最初にプライベートな話で』と前置きして出された言葉は、想像以上に朗報であった。

「うまくいったんなら本当に良かったっ！　アマネさんの頑張りだよ。俺は結局、応援くらいしかできなかったし……」

『主人公のモデルをケイにしたから、十分な働きぶりよ』

「俺が主人公のモデル!?」

取材もどきで、俺とトモは手伝っていた。しかし手応えはまったくなかったというか、そもそも俺は二回とも恋愛ものを友情ものと勘違いしていたのだから、ろくな参考にもならなかったはずだ。

『私も、ケイと一緒にモデルなの!?』

『トモも手伝ってくれてありがとう。重要なキャラの参考にさせてもらったわ』

『ふへへ……私とケイが漫画に……』

うれしそうだが、トモはアマネさんの漫画が恋愛ものだとわかっているのだろうか。

（やっぱり俺と同じで、友情ものだと勘違いしていたのかな？　どうしよう、でももうネームできているし……）

今更、真実を教えても手遅れである。

「ど、どんな漫画なのか楽しみだね」

と俺は知らぬ顔でいることにした。ごめん、トモ。アマネさんの漫画のためだ。

『ネーム読む？』

「えっ!?　いや、ほらそれは部外秘みたいなものじゃないの？」

『あなたたちなら別に。このネームからまだ手も入れるし』

「いやいや、でも……」

まずい、アマネさんの漫画が青春恋愛ものだとバレてしまう。いつかは世に出るとしても、まだトモとの距離感がはっきりしていない内にそんなものを見せられると『ケイちゃん、私のこと……そういう目で見てないよね？　これ、漫画の中だけの話だよね？』と距離を取られかねない。

　これは、小さい子供に海外ドラマを見せないような配慮だ。なんとかして避けねば。

「あっ、そうだ！　そもそもアマネさんって今まではどんな漫画描いてたの？」

『……ケイにはまだ早い』

「え、早いって？　ペンネームで調べたら出てくるよね？」

『調べるのは自己責任だから、止めないけど』

　アマネさんが言いよどんでいたけれど、話をそらしたかった俺は『ドサ子　漫画』と調べてしまう。自分の作品を見せるのが多少気恥ずかしいのだろう、くらいに思って。

「えっと……これかな？」

　それらしいリンクをクリックすると、サンプル画像らしいものを見つけられたのだが、

「ちょっ!?　えっえっ!?」

『どうしたのケイ!?』

『令も アマネ先輩の漫画読みたいですよーっ。ケイ先輩、リンクくださいっ』

『わたしは、警告した』

　画面に広がったのは、可愛らしい女の子のあられもない姿で――。

「アマネさんっ、この漫画はいったいなに!?」

『成人向け漫画よ。……年齢確認なかったの？』

「あっ、あったかな？　ちょっと勢いでクリックしたのかも」

『なら悪いのはケイ、あなたよ』

「いやいやっ、そうじゃなくて！　えっ、だってこれ、アマネさんが」

俺がなにか間違えたページを開いてしまったわけではなかった。出てきたこのすごい漫画は、あのあどけない容姿のアマネさんが描いたものだという。

（本当に⁉　え、だって……アマネさんは、未成年ではないけど……だって）

普段のアマネっち……からは想像もつかない内容だった。

『アマネっち……エッチな漫画家さんだったの？』

『そういうことになるわね』

『ふぇっ……ってことは、私とケイちゃんもそういう漫画に⁉』

『それは安心して。そっちは別名義で一般向けに出すから』

成人向け漫画に興味津々だったのか、自分がモデルで出るかもしれない漫画のレーティングが心配だったのかわからないけれど、トモは『そ、そうだよねっ。そっかそっかぁ』とふわふわした相づちを打っていた。

『れ、令も、ちょっとうっかりで見てみたいですっ！　ケイ先輩、リンクを早くっ』

「ミィさんは中学生だからダメだって。うっかりでもダメだから！　いや、俺も悪いことしたんだけど……」

閉じて見なかったことにするから、許してほしい。

ただここで一つ、新たな疑問が生まれる。

「ん？　待ってアマネさん。アマネさんが成人向け漫画家で……あれってことは、あの漫画家さんの集まりって……」

『全員成人向け漫画家よ』

「嘘でしょ!?　みんな綺麗なお姉さんだったよ!?」

『あの人たち、エロい漫画ばっか描いているわよ』

マス汁ぴちょんさんや、他のお姉さんたちの顔が頭をよぎる。あの人たちがみんなそういう漫画を描いているなんて、信じられない。もちろん女性が描いてもいいと思うし、描いている人もいるとは思うけど。

「だって全員女子って、……そんなことあるの!?」

『それはそういう企画なのよ。言わなかった？　女性作家限定で成人向け漫画のアンソロやるって』

「なんなのその企画!?」

『さあ？　でも作者の性別も気にする読者がいるってことよ。ほら、同じチュパ音でも音響のおじさんが出しているより、女性声優が出していた方が嬉しいみたいな』

アマネさんの話がまったくわからない。おじさん？　女性声優？

『私っ、わかるよっ！　だって……アマネっちがそういう漫画描いているってだけでなんかこう、すごい背徳感あるもんっ！　エッチだよっ‼』

「え、トモ？」

『令も知らない人より友達が、ってのはちょっと興奮する気がしますねっ』

「いやいや、ミィさん。中学生がなにを言って……」

わからないのが俺だけという、まさかの少数派で居場所がない。

（ただこれでネームの話は忘れられたかな？）

『まあ、そっちはあなたたちが成人したら読んで。……とりあえずは、こっちの一般向けの方のネームで我慢して』

「ってアマネさぁーんっ！」

必死にそらしたはずが、結局アマネさんがグループチャットに画像ファイルを送ってしまった。

そこにはアマネさんが描いたばかりの恋愛漫画が——。

（トモに真実がバレてしまう！　でも俺が主人公のモデルなのは、正直すごく気になって

たんだよね）

「え？　あれ……」

もうこうなったら覚悟を決めるしかないと、俺がモデルになった主人公を楽しみに読み始めたのだけれど、一向にそれらしいキャラが見つからない。主人公というのだから、すぐに見つかると思った。

（いや、主人公っぽいキャラはいるけど……）

冒頭から出てきて、ずっとメインで展開しているキャラクターはいた。ただそのキャラは女子だ。てっきり、それはヒロインで主人公は後から出てくるのかと続きを読んでいるのだけれども。

「えっ、俺がモデルになった主人公ってどれだったの⁉」

『主人公が誰かわからなかった？　そんなわかりにくいものを描いたつもりないわよ』

「だってメインっぽいキャラは二人いたけど、二人とも女の子だったよね？　最初に出てきた黒髪の女の子が、主人公なのかなって気はしたけど……え、男子いた？　この漫画、男性キャラがまず一人もいなかったよね？」

『その黒髪の女子が主人公で、ケイ、あなたを参考にして描いたの』

アマネさんの言葉が理解できない。

黒髪の女子って「はわわ」みたいなことばっか言って、おっちょこちょいな美少女じゃないか。

『私は誰なの⁉』

『トモは、主人公に飼われている猫』

『猫っ⁉　ケイに飼われている……ペットっ……ありだよっ！』

トモはすんなり納得したが、猫でいいのか。俺もわがまま言わない方がいいのかな。

「いやいや、よくないよ！　なんで俺が女の子のキャラになって……っていうか、恋愛ものだよねこれ⁉　え、女の子同士で恋愛なの⁉」

『百合ってやつよ』

「百合⁉　それ自体はいいんだけどっ、……なら俺をモデルにしなくてもよくない⁉」

俺はまったく詳しくないが、女性同士の恋愛作品ジャンルだ。編集さんがＯＫを出しているなら、俺も内容そのものに文句はない。

でも俺をモデルにして、わざわざ女性同士の恋愛を描く必要はなくないか？

『……言っとくけど、ケイをモデルにしたら百合になったのよ？』

「なんで俺が悪いみたいに⁉」

不満も文句もまだまだ言い足りなかったが、

『……待ってくださいよっ！　また令のこと除け者にして楽しいことしてませんかっ!?』

前回のアマネ家訪問から一人参加できていないミィさんが、配信中なら絶対出さない高い声で嘆いた。アマネさんも、取材協力はしていなかったとはいえミィさんを不憫に思ったのだろう。『猫なら、今からでも増やせるけど』と無理のあるフォローを入れる。

『令の本体は猫耳じゃなくて王子のほうなんですぅーっ。でも、まあ、出ないよりは……』

ということで三毛猫が一匹追加になるゴタゴタで、俺が女子として主人公出演している件は流されてしまった。

（むぅ……アマネさんの漫画がうまくいったのはうれしいけど、漫画の中でまで女子扱いされたことは納得してないよっ！　今度会ったら、俺も小学生扱いしてやるっ）

どこかで文句の一つくらいは言わねばと心に誓っていたら、さっき解散したばかりなのに、アマネさんから通話がかかってきた。

復讐計画を未然に察知されたのかと応答すると、アマネさんの声はなぜか優しげだった。

『今、大丈夫だった？』

「いいんだけど、どうかしたの？」

いつも抑揚がない分、声色の違いがわかりやすい。アマネさん、怒っていると笑顔になるタイプじゃないだろうな。

『……お礼、ちゃんと言っていなかったから』

「え、そうだっけ？　でも本当にアマネさんが頑張ったからだし、あの主人公のモデルが俺ってのはちょっと、認めたくないっていうか……」

『そうね。勝手に、百合にしたことも謝るわ。男と付き合いたかった？』

「そっちじゃないよ！　アマネさん、俺が男と付き合いたいと思う⁉」

さすがに俺も怒ったけれど、アマネさんはそれでも楽しそうだった。

『ごめんなさい。女子にしたことも悪かったわ』

「……まぁ、もういいけどねっ！　漫画、これからも頑張ってよ」

『ええ、ありがとう』

画面に表示されているアイコンが――、アマネさんの口元が笑っているように見えた。

『ケイ、あなた意外と男らしくて……かっこよかった。見直したわ』

「本当に⁉　だったら、なんで漫画は……」

『男子で描くと、あんまりにもケイに似なかったから』

「え？　本当に俺のこと男らしいって思ったの？　やっぱりバカにしてない？」

納得はできないけれど、あの無表情のアマネさんが笑ってくれるなら漫画で女子にされたことも許せそうだった。

配信中②《藤枝トモ》

VTuber甘露ケイがいつもの可愛らしさのまま、すっとんきょうな奇声をあげた。

『ふぬわっ！　なんでなのっ⁉』

よほど結果に納得できなかったらしいが、『第一回　性別不詳組No.1イケメン対決』の視聴者投票は、甘露ケイが圧倒的最下位で終わった。

『ケイ君もがんばったけど、相手が悪かったかな。このオレがいるんじゃ、仕方ないよ』

「ミィ君、フォローしてもケイちゃん最下位だよ？　ボクやアマネっちにも負けてるんだから、相手どうこうじゃないじゃん」

耳にささやくようなミドルボイスは、ぶっちぎり一位だった三宅猫ミィのものだ。普段からキザなイケメンキャラのVTuberである三宅猫ミィが勝つのはわかりきっていたことだけれど、VTuber藤枝トモ――あるいは、女子高生の志藤留依からすれば、自分が二位であったことには驚いた。

（まぁでもケイが、視聴者からイケメンって言われている図も浮かばないけどね……）
○ミィ様のイケボいっぱいで最高配信でした

○王子に嫁ぐ姫たちがまた増えてしまった
○うちのミィが一位だなんて、光栄！　他の三人も個性的でよかったですよ
○ミィママ来てるなｗｗ　俺はケイのパパになりたいよぉ

とはいえ、流れるコメントを見れば、彼女の二位は単なる消去法なのだろう。

エロガキキャラとまで評される自分のキャラがイケメンから遠いことは、自分でもわかっている。リアルでの彼女も、イケメン的な要素はない。整った容姿と文武両道ぶりで、同性からの人気もあるけれど、あくまで高嶺の美少女と扱われていた。

（そういえば、うちの学校って中学に王子って呼ばれている子いたよね。興味なくて顔も知らないけど……）

彼女自身は、学校で誰もが知る有名な生徒だ。けれど彼女本人の交友範囲はとても狭く、顔見知りの生徒はクラスメイト程度。親しく話すのは数人、友人と言えるのは――。

（千世も顔は王子っぽいんだけどね）

と思い浮かべる友人の百瀬千世くらいだった。

百瀬千世は整った顔立ちだが、地味な装いで隠しているから学校内でもその素顔は知られていない。コンタクトにして髪型も変えれば人気になるだろうが、当人にその気はないらしい。

『おかしいよ。なにかが間違っているって！　だって、ミィさんが一位なのは、ギリギリわかるとしても。……トモが二位で、アマネさんが三位⁉』

『ふふふっ、アマネ、ケイよりイケメンですぅ。投票してくれたみんな、ありがとぉ』

『ぐぬぬっ！　アマネさんに負けたのは特に納得できないよ⁉』

アマネ・エーデライトは、ふわふわとしたやわらかい声としゃべり方で、性別不詳と言っても男性としてはほとんど見られていない。
○アマネ様に票を入れるのは、我らにとっては当然のこと
○今日も声にいやされるんじゃぁ
○包まれるような幸せ。これはイケメン
○アマネがイケメンかは別として、ケイとどっちがイケメンかってなるとアマネ
流れから分析するなら単純な人気だろう。企画趣旨にあまり関係なくとも、推しているVTuberに投票してしまうファンもいる。

藤枝トモというキャラクターのエロガキさが消去法で三宅猫ミィの次点となり、アマネ・エーデライトはファンの数である程度の票が集まって、圧倒的な女子人気の三宅猫ミィが優勝する中で――。
○ケイは逆に自分が何位になると思ってたんだ

○かわいそうに、身も心も美少女なのにイケメン設定なのかｗｗｗ

○なおその設定は本人以外誰も知らない模様

哀れにも、惨敗（ざんぱい）した甘露ケイがいる。

美少女キャラが完全に定着してしまっていて、いじられやすいキャラでもある以上、もはや本人の頑張りではどうにもならないだろう。

VTuberとしての甘露ケイはアバターが美少女で、女声で、キャラも男らしいわけではないのだから、そもそも頑張りようもない。世界は残酷だ。

（……かわいそうだけど、でもケイが魅力的な男の子だってのは私だけが知ってればいいからねっ。うんっ、漫画家のお姉さんとか警戒しないとだし！）

彼女にとっても、大好きな甘露ケイが不憫な目にあうことは悲しいが、誰にも盗（と）られたくない気持ちで最下位に安堵（あんど）してしまう。

それもこれも、先日の飲み会から始まった一連のできごとが大きな原因だ。

彼女は自分と甘露ケイの間には、他の何者にも邪魔されない特別な関係があると信じていた。けれど、まだ自分に自信を持ちきれない部分もある。

強く求められたかと思えば勘違いだったことも、彼女の傷として新しく、根深い。

（あれは、すっごく恥ずかしかった。……でもケイが私のことエロいって褒めてくれたし、家に来てって言われたら、絶対そうだってなるよね⁉　……ケイが思わせぶりな態度すぎるのも問題だよね？）

求められたことは誤解であったが、自分に向いた好意に嘘偽りはなかったはずだ。

それでも、どうしてか不安は消えない。

『こんなの不正だよっ！　俺はやり直しを要求するっ！』

『そんなに不満なら、アマネとケイで再戦してもいいですよぉ？』

『本当に⁉　よしっ、じゃあ来週にでも……』

『オレ不在でイケメンを決めるなんて、視聴者のみんなも退屈なんじゃない？　ま、オレ以外は全員大差ないってことで、ここは』

三宅猫ミィが本心なのか、来週も同じ企画をするなんて論外だという合理的な判断なのか、止めに入った。

（良かった。ケイが私以外の人と、二人だけでなんかするなんて、相手がアマネっちでも嫌だし）

相手がアマネ・エーデライトでも——というのは、彼女にとって、アマネ・エーデライトもまた大事な友人であり、他の女性に対して向けるような敵対心がないということだ。

けれど、心の奥ではむしろ、二人の距離感が近づいていることを勘づいて、アマネ・エーデライトだからこそ、嫌だ――と赤信号を出していた。

（ケイがモデルになっているあの漫画……ケイの相手の、もう一人の女の子……気のせいかもしれないけど、アマネっちに似ている気がするんだよね……）

描いている人間がアマネ・エーデライトなのだから、作者本人にキャラクターが似てしまうのも、よくあることなのかもしれない。それに甘露ケイをモデルにしたキャラだって、完全に甘露ケイというわけではなかった。

そもそもあれは創作だ。甘露ケイをモデルにした女の子と、アマネ・エーデライトに似た女の子が漫画の中で恋愛をしても、現実になにか意味があるわけじゃない。

そう言い聞かせても、彼女の気持ちは穏やかにならない。

『いつかミィさんよりも俺がイケメンになるよ！　リベンジはアマネさんじゃないな……アマネさん倒しても仕方ないし、ミィさんを倒すっ！』

『ははは、アリと象の戦いなんてみんなが飽きないか心配だよ』
○ケイちゃんが踏みつぶされるところは見たい
○即負け確定だし罰ゲーム決めとこｗｗｗ
○俺っ子もいいけど、一日だけ「あたし」でパーフェクト美少女モードで配信させよう
○それより前回の裸リボンはまだなの？

コメントの流れに、彼女は慌てて我に返った。

「ケイちゃんーっ、まずボクという親友との決着が先じゃないの？　すぐ返り討ちにして、ケイちゃんの可愛いところみんなに見せてあげようねーっ」

この不安を消し去るには、甘露ケイとの関係性を――それもリアルでの関係性をはっきりとさせる必要がある。

（もう少しゆっくり距離をつめるつもりだったけど、もう待てない。すぐにでも恋人になりたいっ！　私可愛いから、もっとグイグイ攻めればケイだって絶対……っ）

しかし、彼女の焦る気持ちに、また水を差す問題が起きてしまう。

第三話　王子オーディションなのに俺以外全員女子!?

1

配信に流れるコメントは、

○ケイはなんで自分をイケメンだと思ってるのｗｗ　もう美少女バレしてんじゃんｗｗｗ

●やめとけ、ケイ。無謀だ。ケイが自分をかっこよく見せたい俺っ子なのはわかるけれど、ミィには勝てない。でも君にも負けない部分がある。それでいいんじゃないか？

○もしかしてフリなのか？　惨敗して涙目のケイを思う存分可愛がればいいのか？

○諦めてカワイイ対決にしよ。それならケイが優勝だよ

と、まるで俺の勝ちを信じていなかった。

確かに『第一回　性別不詳組No.1イケメン対決』は俺が圧倒的最下位であったが、この結果には少しも納得していない。

再戦すれば最低でも二位、ミィさんのファンが贔屓(ひいき)をしなければ、リアルでは男である俺が優勝するはずである。

だから配信が終わったあとの性別不詳組のみんなでの反省会（という名のただの雑談時

間）でも、

「次いつやる⁉」

とすぐさま第二回の提案をしたが、アマネさんの力の抜けた声が返ってくる。

『本気だったの？』

「当たり前でしょ！　あの結果で終われないよ」

『……短期間でまた同じことしても、結果は変わらないわよ』

「やってみなきゃわからないよ！」

やる気十分の俺だったが、第一回優勝者のミィさんは違った。

『あー、ごめんなさいっ！　令はしばらく、配信できないかもです。コラボ配信も、土日はたまになら、なんとか……くらいかもで』

「え、ミィさんもなにか悩みが⁉」

先日までは、アマネさんが悩みを抱えていて配信頻度を下げていたのだ。悩みというよりは、漫画を描くために忙しかったというか。ともかく、それがやっと解決して、久しぶりに性別不詳組の四人で配信したばかりだ。

セレネさんに呼ばれた年末のコラボ配信まで、性別不詳組でもっと活動する算段が。

『しばらく部活が忙しくなるんですよー。令の部活、すっごいハードなんで、本番前ともなると土日もミッチリ練習で』

「本番？　……運動部とか？」

『演劇です！　クリスマスに毎年やってる公演があるんですよねーっ』

「へぇ……まぁ、リアルで忙しいなら仕方ないか」

クリスマスまでミィさんが配信できなくなる。性別不詳組にとっては痛手だけれども、事情があるなら復帰を待つしかない。

「となると、第二回は俺の不戦勝……第三回で事実上のNo.1が決まるのか」

『ちょちょっ！　ケイ先輩、令のこと抜きでイケメン対決する気ですか⁉　自分が勝てないからって姑息すぎません？　それがもうイケメンからほど遠いんですけどっ』

「冗談だよ？　……しないって」

いくらなんでもそんな大人げないことはしない。

『あーあとですね、悩みも実はあるんですよ。ケイ先輩、アマネ先輩の時みたいに、令のことも手伝ってくれません？』

「えっ、いやあれはその……アマネさんが配信に早く復帰できるようにってだけで……」

面倒事の予感に、俺は明後日の方向へ視線をそらした。だが画面越しの通話では、俺のやんわりした拒否は伝わらない。いや、このギャルは面と向かっていても気にしなそうだ。

『もうっ本っ当に困ってたんですよー。ケイ先輩が力を貸してくれたら、今一番の問題が解決で、部活もちょっとは余裕できます！　そしたら土日の夜配信は続けられますからっ！』

「えええぇ……俺になにをしろっていうの？」

『ケイ先輩には舞台に出てほしいんですっ！　さっき言ったクリスマス公演にっ！』

「なんで？　学校の部活動だよね？　……俺、関係ないよ？」

『そうなんですけどーっ、どうしても決まらない役があって、学校内外問わずで一回オーディションやろうって話になってるんですよぉー。でも、部長のお眼鏡にかなう人はいないんじゃないかなって……それでケイ先輩なら！　と思いまして』

もう一ヶ月前なのに配役が決まっていないのは、明らかに問題だった。ただ演劇の心得なんてまるでない俺が、力になれるのか。

「どんな役か知らないけど……俺そういう経験とかないし……」

『大丈夫です！　ケイ先輩にぴったりの役なんでっ！』

「俺にぴったり……」

（いやな予感がする。ミィさんが俺にぴったりなんて言う役はろくなものじゃない……）

俺に合う役があるとすれば、素の俺に近い役――普通の男子高校生とか、せいぜい普通の男性配信者とかそんなところだ。

　だけどミィさんのなめてかかった態度からすれば、まるで俺と真逆の女性役を持って来かねない。

「悪いけど、俺にも守らないといけないイメージとかあるし？　変な役はちょっとできないかなぁ。プロデューサーにも止められると思うから」

『安心してくださいって先輩っ！　全然変な役じゃないですっ』

「……なんの役なの？」

『王子ですっ！』

「お、王子⁉　俺が王子にぴったり……っ⁉」

　まったく予想していなかった役に、俺はあたふたとしてしまって、そのままミィさんの手伝いを了承してしまった。

　とはいえ、オーディションに参加をするという約束だけだ。

（俺が王子役にぴったりだって⁉　……まぁ、俺も最近ずいぶん男らしくなってきているとは思うけど……さすがに王子はちょっと荷が重いような……）

　俺はこのとき、王子役という言葉を深く考えずに受け取った。

　――しかし、もっと警戒するべきだったのである。

2

洗面所で、顔を洗ってから自分の顔を見る。相変わらずヘロッとしているがどこにでもいる普通の男子高校生だろう。背はちょっと低いし、筋肉がつかないのは悩みだ。

（自分でも王子は無理があると思う。でもオーディションに参加だけして、落ちればそれで終わりならいいか……）

気は重いが出かける時間だ。着替えて家を出る。

土曜日なのに早起きして、まだ眠い。先週もアマネさんの家へ行ったから、最近は珍しく外出することが多くなっていた。

ナズナから『ねえねえ恵(めぐみ)、明日パンケーキ食べいこー。どうせ暇でしょ！』と誘われても『ごめん、予定ある』と返せるのは、なんだか誇らしかった。

今まで完全に暇人と認識されていた俺だけれど、性別不詳組のオフ会以降はリアルでも予定が増えている。

（想定とは違うけれど、もしかして俺もだいぶ青春が送れているんじゃないかな？）

と気持ちを上げようとするが、行き先を考えるとやはり気が進まない。

オーディション会場は徒歩でも十五分ほどとかなり近く、なんだったら名前を聞いたこともある場所だった。

――井ノ頭女学園。通称イノ高、もしくはイノ女。

都内でもそこそこ名の知れた、私立の女子校だった。いわゆるお嬢様学校。ミィさんはそこの演劇部だという。

つまり当然だけれど、部員も全員女子だ。小中高で付属大学もあるエスカレーター式、演劇部には中学生と高校生で計三十名ほどが所属しているとのことだった。なんでも強豪演劇部で知られているとか。

『女子校の演劇部がやる舞台に俺を出すつもりなの⁉』

『学校外の人も参加歓迎のオーディションなんで大丈夫ですよーっ』

とミィさんが言うから、男子高校生の俺が参加するのは問題ないのだろう。

部員が女子だけだから王子役が決まらなかったのだろうと、学校外からも募集する理由もわかった。

（それにしても女子校って、部外者の男子生徒が入るには抵抗あるんだよなぁ……）

校門では守衛さんに入校許可をもらって、一応正当な理由もあるのだけれど、校内を歩いていると視線を感じてしまう。

どう見ても男子の俺が女子校をウロウロしているのは、傍目には不審者だ。

（でも、オーディションにはきっと俺以外の男の人もたくさん来ているはずだよね。早く会場へ行こう……）

当たり前だけれど、すれ違うのは制服姿の女子生徒ばかりだ。挙動不審になって余計怪しまれないように気をつけながら、そそくさと演劇部の部室を目指した。

校内にあった地図も確認して、それらしい場所につく。

強豪というのは聞いていたが、専用の練習棟があるのには驚きだった。

イノ女の演劇部の話は、幼馴染み（おさななじ）のナズナから聞いたことがある。

なんでも全国高等学校演劇大会というものがあるらしく、地区大会、都道府県大会……と順々に勝ち進んで最終的には全国大会が開かれるそうで、そんな苛烈な高校演劇の中でもイノ女は、かなり優秀な成績を収めているのだという。

（ミィさんが、そんなすごい演劇部の部員だったなんて……）

というのもびっくりしたのだけれど、まさかトモに続いてミィさんまでこんな近所の学校だったというのがまたすごい偶然だった。

（トモの学校も確認はしていないけれど、ここらへんで女子校っていうと……）

もしかしたら——なんてことを考えつつ、部室棟へお邪魔する。『オーディション参加者はこちら』という貼り紙があって従うのだが。

「え？　ん？」

　普段は部員たちの練習部屋らしい広めの一室に入ると、異様な空気を感じ取った。女子しかいない。ここが女子校である以上、学校内からの参加者は当然女子だ。王子オーディションとはいえ、多少は女子の参加者もいるだろうとは思っていた。

　だが、そんなものではない。

　全員女子だ。審査側や、スタッフだけでなく、オーディション参加者らしい人たちが座っている場所にも、見る限り女子しかいない。

（おかしい……王子オーディションであっているよね？）

　別のオーディション会場と間違えたのか、と周囲をうかがうと、正面に置かれたホワイトボードが目に入る。

　——王子（姫）役オーディション　開始時刻……。

　王子という文字に、間違えていないなと油断したところで、その後に余計な文字を見つける。

（なんだ姫って……姫役も一緒にオーディションするってこと？）

　集まっているのが女子ばかりなことと、よくわからない文章にほうけていると、部員だろう女子生徒に声をかけられた。

「オーディション受けに来たんですか？」

「あっ、はい。……王子のやつで」

「だったら、あちらの椅子で待っててください。もうすぐ始まるんで」

そう言われて、他の人たちと一緒に並んで座るのだけれど——。

（いやいや、だからなんで俺以外全員女子なの⁉）

なぜかまた肩身が狭い。俺がなにをしたというのだ。せめてミィさんが来てくれないか、
知り合いがいればまだ——と俺の祈りが通じたのか。

「……えっ⁉」

見知った顔が、俺のすぐ横に来た。

だけどそれは、ミィさんではなく——。

「トモがなんでここに⁉」

俺の親友で、リアルでは美少女のトモだった。

なぜトモがいるのか。いや、トモもここの生徒なんじゃないかとは薄ら思っていたけれ
ど、でもなんで王子オーディションに？

目を白黒させている俺に、トモはばつが悪そうだった。

「……驚かせて、ごめん。私もここの生徒で……オーディション、イノ女の生徒なら誰で

も参加できるって書いてあった。学外からは、推薦が必要みたいだけど」

「やっぱりここの生徒だったんだ。……いや、そっちはそうかなって思ってたけど、なんで王子オーディションに……王子やりたかったの？」

「ケイが心配だったから」

「俺が？　それって……」

もしかすると、女子ばかりの空間で俺が浮いてしまうことを心配して来てくれたのか？　トモは女子だけれど、他の女子とは違う。隣にいてくれるだけで心強い。

「トモ、ありがとうっ」

「ふぇっ⁉　……お礼？　……私、ケイちゃんのこと疑ってたんだけど」

「え？　疑うって？」

「ミィ君にいい顔するし、女子校の演劇部の手伝いなんて……」

土日は忙しいはずのトモが、俺のために駆けつけてくれたのだ。感謝しかないのだが、表情がどうにも怪訝に見える。

（なんだその顔？『忙しいのに心配させやがってやれやれ』ってことなのかな？　でも女子ばっかりに囲まれているの、しんどかったから助かったよ……）

不機嫌そうなトモに、もっとお礼を言おうとした時、

「それでは、あと五分でオーディションを始めさせていただきます。全員の審査を一度に行いますので、お手洗いなど準備があれば先に済ませておいてください」

とわかりやすくメガホンを持った監督っぽい雰囲気の女子生徒が、手を叩いて合図した。

「え？　始めるって……」

開始時刻になったということなのだろうけれど、しかしそれでは——。

（待って待って、俺以外の男性参加者がまだ来てないんだけど⁉）

王子役のオーディションだというのに、俺以外は全員女子という状況。それにもかかわらず、オーディションがもうすぐ始まってしまう。

あたふた視線を泳がせていると、部屋の端でミィさんを見つけた。ジャージ姿ということもあるのだけれど、オフ会で会った時と印象が違う。まぶしい色の髪を結んでいて、ニヘラっとしていた表情も今は凜々しく見える。一瞬、別人かと思った程だ。

俺は立ち上がって、ミィさんに駆け寄った。トモに呼び止められた気がしたけれど、ミィさんからこの状況を聞き出す方が先だ。

「ミィさん、ちょっといいかな？」

「あ、先輩ちゃんと来てくれたんですね。令から激励いりますか？」

人違いではないけれど、声色がVTuberの時のようにミドルボイスだ。

「……これ、どういうこと？　なんで俺以外全員女子なの⁉」

「なんでって……まぁ、女子校で女性役の募集ですからね。普通、男の人は来ないんじゃないですか？」

「待って、王子（姫）ですよ？　あれ、言ってませんでしたっけ。うっかりです」

「王子役だよね⁉」

口元を隠すようにしてミィさんが軽く笑う。いや、その顔は絶対わざと言っていないだろう。

「だからその姫はなに？　どっから出てきたの……」

「王子に男装する姫の役なんですよ」

「えっ、それってつまり……男装してるだけで結局は姫ってことだよね？　姫の……女性役のオーディションに俺出ようとしているわけ⁉」

「ははは、先輩声大きいですって。やる気十分じゃないですか」

どうやらだまされていたようだ。俺はなんてものに参加してしまったんだ。

今からでも参加を取り消して逃げ出すべきか。俺はドアの方へと視線をやる。

「心配しなくても大丈夫です。ライバル兼任ですが、ちゃんとヒロインで準主役です」

「ヒロイン⁉　本当にミィさんは俺をなんだと思っているの⁉」

「ぴったりじゃないです？」

全然ぴったりではない上に、しかも準主役なんて絶対にお断りである。

「それよりケイ先輩、……あれって」

それよりで片付けてほしい問題ではなかったのだが、ミィさんの視線の先にいるのはトモだった。なぜかこちらを凝視している。

「志藤先輩までいますけど、どうしたんです？」

「え？　志藤先輩？」

「あっ、あー……。トモ先輩、実はうちの学校の有名人なんですよ。だから実を言うとオフ会の時からあれって思ってました」

トモは有名人なのか。実際それくらいの美少女ではあるけれど。

「……二人とも、どうしたのかな？　私のこと、見てたけど」

「わっ⁉」

さっきまで座っていたはずのトモが、一瞬でこちらまで近寄っていた。

「えっ、いやその……」

「あははっ、トモ先輩どうもでーす！　リアルでもトモ先輩のこと知ってたんですけど、ちょっとマナー的に言っていいのか迷ってまして……挨拶遅れちゃいましたが、令、実は

トモ先輩の後輩でしたーっ」

「やっぱり……西蓮寺さんがミィ君だったんだね。有名だから、私も名前だけは。二人の話と、学校内で募集していた演劇部の話が同じだったからそうかなって……」

「それでトモ先輩もオーディションに来てくれたんです？ トモ先輩……いえ、まさかイノ女一の美少女と名高い志藤先輩が！」

（えっと、あの……どういうことかわからないんだけど……）

先ほどのメガホンを持った生徒がまた「じゃあ時間になったんで始めますねー」と呼びかける。

――いやっ、逃げそびれたんだけど⁉

3

王子（姫）オーディションが始まってしまった。

俺の前に座っていた数名の女子たちは、演劇部の部員ではないもののイノ女の生徒であるようだ。男子どころか、学校外からの参加は俺だけのようである。

しかも彼女たちはそろって、

「西蓮寺様のファンで……」

と口にしていた。

西蓮寺――先ほど、トモがミィさんのことをそう呼んでいた。そういえばオフ会の時も自己紹介でうっかり口にしていたな。西蓮寺令、ミィさんの本名だ。

（つまり……この人たちは、演劇どうこうっていうより、ミィさんのファンだから、ミィさんの相手役のオーディションに参加したってこと？）

他にもいくつかセリフの試し読みを披露していたが、恥ずかしそうに照れ笑いを浮かべていた。申し訳ないが、本気さは感じられない。

（まずい……このままだと俺が王子役に選ばれないか？　いや、でも男装しているだけで、実際は姫なんだよね？　だったら男子の俺は選ばれないかな……）

迷いながらも、俺は部長兼監督の生徒に言われるがまま、普通に審査をこなした。

（でも俺、よく考えたら女声で、外見は男だから……男装した姫ってぴったりなのかな？　まずいかも……男装してても、姫役なんてやりたくないよっ）

もっとやる気のない感じで済ませておけば良かった。しかしもう遅い。こうなったら、あとはトモに頑張ってもらうしかない。

よし、せめて応援だけでもしよう。

俺は自分の番が終わって、次にトモが立ち上がろうとするすれ違いざまに、声をかけることにした。

しかし、なんて言うべきか。

普通に「頑張れ、トモ」でいいのか？　ただ さっき話している時も気になったけど、誰かに聞かれる可能性があるからVTuberの名前で呼ぶのは危険だ。そうなると、志藤留依だ。クラスの女子を呼ぶなら、名字にさんづけ。でもトモとはこれから親友に──。

「留依、頑張れっ」

「こばばばっ!?」

（ん？　待て、普通に頑張れだけ言えばよかったか……）

急に名前を呼んでしまったせいか、トモはかなり驚いていた。いや、かなりなんてものじゃない。時々様子がおかしくなるトモだったけれど、簡単な質問すらまともに答えられていなかった。

監督さんも、

「あの志藤さんがまさか演劇に興味があるなんて！　志藤さんに出てもらえるなら、これはいつもより客が入るなぁ。グッズとか作っちゃおうかなぁ」

なんて勝手に始めた皮算用でニタニタしていたのに、

「……大丈夫かな、志藤さん体調悪いのかな？」

とトモの異様な言動に心配しだし、

「霊とかなのか？　取り憑かれてる？　あの志藤さんが……おかしい……」

後半はもはや怯えていた。トモのことがモノノケかなにかに見えているようだ。

（まずい、このままだと……違うんです、監督！　トモはこう見えていい子で……普段はもっとしっかりしていて……）

祈るような気持ちだったが、

「あー……みなさんとても魅力があり、選考には大変悩みましたが」

（嘘つけっ！　今全員のオーディション終わってそのまま結果発表しているよねっ⁉　普通しばらく審査員で話し合いとかするでしょ！）

「厳正なる審査の結果、今回は栗坂恵さんに王子（姫）役をお願いします」

「そ、そんな……」

恐れていたことが現実になってしまった。

「どうしました？　えっと、あー栗坂さんは今回唯一の学校外から参加してくれた人なんですね？　練習スケジュールは後で渡すんで、期間中は他の部員と同じように練習部屋も更衣室も使ってもらっていいんで……って細かい説明は後でいいか」

「ま、待ってくださいよ！　え、更衣室？　いや、そもそもなんで俺が選ばれたの⁉　だって行き違いで参加しちゃったけど……っ」

「選考理由ですか？　それはまあ、いろいろありますが……そうですね。栗坂さんの女性でありながら……そのまあ、中性的に見えなくもない……ぶっちゃけ、顔のイメージが役と合っていたからですね。背丈も主役の西蓮寺とバランスもいいですし」

「待って、女性でありながらって俺は――」

淡々と話を進めようとする監督さんに、俺はなんとか考え直してもらえないかと詰め寄った。だが、俺と監督さんの間に割って入るように、すらりと背の高いギャルが現れた。

「先輩、王子役おめでとうございます！　推薦した僕としても冥利に尽きますね。改めまして、主役の西蓮寺令です。よろしくお願いしますね」

にこりと、爽やかな王子フェイスで、ミィさんが俺に手を差し出してきた。

「えっ、いや、まだ俺の話は――」

「先輩、お願いします。後で説明しますから」

「で、でも……」

耳元で、ミィさんがささやく。なにかが引っかかるけれど、結局俺はそのままミィさんと握手してしまった。

オーディションが終わると、ミィさんは俺の腕をつかんだまま演劇部の部室棟の裏手へ連れてきた。

説明すると言っていたが、いったい俺になにを話すつもりかと思えば、

「えっ⁉　俺が男だって言ってない⁉」

「そもそも、イノ女って男性入れないですからねー。文化祭とかそういう特別な場合に、招待チケットとかあってやっと入れるって感じです」

「お嬢様学校ってそんなに厳しいところなの⁉」

「あははは、今回は特例ですよ？　先輩も普段はダメですからね」

ミィさんはとんでもないことをヘラヘラ笑いながら言う。さっきまでの凜々しい表情はどこへ行ったのか、オフ会で会った時のようなギャルらしい顔つきだった。

「いや、そうじゃなくて！　困るって、っていうか男だって言ってないって……ん？」

「男だって説明してないだけでー、令は別に先輩のことを女だって、嘘ついて紹介もしてないですよー」

「え、でも……じゃあ、なんで監督さんは勘違いして……」

「さあ、なんででしょうねー？」

ミィさんはにやついたまま顔をすっと横へ向けた。俺はミィさんの頭をつかんでこちら

側に戻す。

「なにか隠してないよね？」

「あはっ、ケイ先輩ちょっと乱暴しないでくださいって」

「乱暴って……あ、もしかして、男装役のオーディションだから……俺も男装しているって思われたのかな？　それもちょっと違和感あるけど」

舞台俳優さんであれば、メイクをすることで女性でもかなり男性に見える顔立ちを作れる——と聞いたことがある。

（もしかして俺もそういう感じに思われたのかな？　第一、男子禁制の女子校だから、なにも言わなかったら疑いもしないのか……）

それにしても守衛さんは、なんで俺を止めなかったのか。校内ですれ違った生徒たちも視線は感じたけれど、もっとなにかなかったのか。

（本当に不審者が来た時、この学校は安全なのかな……）

一抹の不安は残りつつも、勘違いされた理由は納得した。

「わかったけど、男子だからって言って断らないと」

「ケイ先輩、お願いします。もう先輩しか頼れる人がいないんです」

「そんなことないって、オーディションに俺以外の人も来てたよね」

ミィさんは、にやついていた顔をいつの間にか真面目な表情に戻して、俺の手をつかんでくる。

「わかりました、ケイ先輩。正直に言います。令の悩み……聞いてもらえますか？」

「えっ、悩みって……王子役が決まらないってことだよね？」

「はい。でも、王子役がどうして決まらないのかって話です」

神妙な表情を浮かべるミィさんに、よほどの悩みなんだろうと身構える。強豪部にありがちな部内での仲間割れとか、陰湿なイジメとかだろうか。そもそも、中高合同の部活らしいけれど、中学生のミィさんに主役は大抜擢だ。それで嫉妬した先輩たちから――。

「実はですね、令ってば超人気者なんですよっ！　学園の王子様ってやつです？　ほら、女子校でよくあるタイプの同性からモテモテな女子なんですよーっ」

「は、はぁ？」

「それで部内でも令の相手役ってことでケンカになっちゃってー。そしたら部長が怒って、『このアホのファンが相手役じゃろくな舞台にならん！　条件としてこいつの顔を真顔で蹴り飛ばせるやつだけが相手役に立候補しろ！』って言ったら、誰も王子役になれなくて。で、部活外学校外も対象にオーディションやったのが今回なんです」

「え、えっと？　それが悩み？」

ある意味で、深刻なのかもしれないけれど。

「はい、令の人気がすごいばかりに。もうこれは令の悩みですね。自分の王子ぶりに困ってしまって……モテすぎるのも大変ですよー」

「え、なにこの人？　調子に乗ってる？」

「ちょっと先輩ーっ、心の声もれてますよー？　可愛い可愛い令ちゃんですよー？」

すっかり真面目な顔を終えたミィさんが、俺の頰を突いてくる。やっぱり真剣に悩んでいるとは思えなかった。

「だから他の人たちはダメなんですよねー。完全に令のファンですから」

「……トモは？」

「んー、トモ先輩はだって、ケイ先輩の付き添いみたいなものじゃないですかー」

「そんなことはないと思うけど。王子に興味があって来たんじゃないの？」

とはいえ、オーディション中の奇行ぶりを見ると、どこまで本気なのかわからなかった。トモのことはいまだにわからないことばかりである。いつになったら、親友と胸を張って言えるのだろうか。

「そういうわけで……お願いしますっ、ケイ先輩。令のこと助けると思って。……このままだとせっかく主役に選ばれた舞台が失敗しちゃいます」

「えっでも……王子役はともかく、性別を隠すのは……」

「そこをなんとか！　令、ケイ先輩が性別隠して王子役やってくれるなら、お返しに言うこと聞きますからっ！　全然エッチなやつも大丈夫で、なんでもいいですからっ！」

この中学生はまたふざけたことを言う。

ミィさんに頼みたいことなんて——待て、ミィさんは多少鼻につくけれど、人気なのは本当みたいだ。VTuberとしても、女性ファンの人気は性別不詳組で一番だし。

「……秘訣（ひけつ）とか、人気の秘訣とか」

「ん？　なんです？」

「本当になんでも一つ、俺の頼みを聞いてくれるの？」

「もちろんですっ！　令にできることならなんでもOKですよ」

人をだますようなことは心苦しいが、ミィさんを助けるためでもある。ついでにお礼としてミィさんからは女性ファン獲得の秘訣を伝授してもらおう。

（俺の配信、視聴者の九割が男性だってナズナに言われたからな。……取りこぼしている女性視聴者を獲得できれば一気に登録者十万人へ近づくはずだよねっ！）

「……わかった。やるよ、王子役！」

「わーいっ。ケイ先輩の姫決定ですーっ！」

俺が引き受けたのは、あくまで王子だから、と心中で訂正する。

——え、舞台中はずっと男装だよね？　ドレスとか着ないよ？

4

なし崩し的に、俺の王子（姫）役が決定して、俺も練習へ参加するようになった。

がんばればセリフはなんとか覚えられそうだし、部員のみなさんが優しいから過酷な部活動もなんとかなっている。

だからキツいのは、毎回女子校へ足を運んで、女子部員たちに交じって部活動していることそのものだ。

男子の制服で行くわけにもいかず、体操服に着替えているけれど、それ以外は特になにもしていない。これで本当に男子だって隠せているのか。

（罪悪感もあるし、いつバレるんじゃないかって不安で全然気が休まらない……）

それもあって急遽立案されたのが、トモのゲスト出演である。

「トモ先輩にも手伝ってもらいましょうか。令は主役で練習忙しいですし、ケイ先輩のフォローもあんまりできないですから」

そもそも諸悪の根源なのだから当然なのだけれど、ミィさんは一応俺が男子だとバレないように協力してくれていた。基本的には、もちろん更衣室は使わないし、なるべく練習以外で部員たちと関わらないようにしている。

だが演劇部というのは、もうほとんど運動部で、ハードな練習が続いていると、同じ部屋で練習しているだけで危うい場面というのが出てくる。

「トモ……手伝ってくれるかな？」

「ケイ先輩が頼めばイチコロですよっ！　部長もトモ先輩のネームバリューは惜しいって悔やんでましたし、出番少ない端役で出てもらって、客寄せになるなら大歓迎ですよー」

「その言い方はどうかと思うよ？」

ということで、俺はトモに連絡を取った。

通話やメッセージだけでも頼み事はできるが、

（放課後にハンバーガーとかポテト食べるのってすごく高校生の青春なのでは!?）

高校も近いと判明し、俺はかねての夢だった放課後に友達と買い食いすることを決めた。

その相手は、もちろんトモだ。

自分の授業が終わってから、俺は急いで駅近くのハンバーガー店へ向かう。だいぶ走ったのだけれど、店前には先にトモがついていた。顔が赤かったから、トモもきっと急いで来てくれたんだろう。

「ごめん、呼び出しちゃって」

「う、ううん。……あの後、全然話せてなかったし……私もケイと話したかった」

前回同様、トモは制服姿だった。

幼馴染みのナズナが言うには、イノ女の制服は可愛いと評判らしい。

『ムサ高よりイノ女のが制服カワイイよねーっ。うーん、いいなぁイノ女の制服っ』

『そんなに言うなら高校からでも、イノ女進学すればよかったのに。ナズナの成績ならいけたでしょ？』

『……そんなんしたら恵ボッチになっちゃうでしょ!?』

俺からすると女子の制服の違いは、セーラーかブレザーかがギリギリわかるくらいだ。

（えっと、トモが着ているイノ女の制服がブレザーだよね？）

しかしこんな俺でも、トモが着ていると——というか制服姿のトモは、いつもの美少女ぶりにまたなにかプラスしたものを感じる。

「制服……いいよね」

「ふぇ？　あ、イノ女の制服のこと？　人気だよね。私は小学校からだし、制服で選んだわけじゃないけど、周りにはけっこう制服でイノ女に進学先決めたって子もいるよ」

思わず見とれていたことがバレていなかったので、俺は注文して来ると言って逃げた。

トモには二階で席を取っておいてくれと頼んだ。

　二人分の注文を済ませて階段を上がると、端の方でトモが小さく手を振っている。

「お待たせ」

「あ、お金……」

　向かいに座った俺に、トモが財布を出した。

「俺が呼んだんだし、いいよ」

「えっ、でも」

「代わりに今度トモが俺を呼んだら、その時はポテトごちそうして」

「こ、今度……っ！　そ、そうだよね、私たち、これから何度も放課後に二人で会うような関係だもんねっ」

　変わった言い回しだったが、そうであってほしい。俺とトモはこれからはリアルでも気軽に会って、遊べるような親友になるんだ。

「それに、今日はちょっとお願いもあって」

「お願い？　えっと……どういうタイプの？」

　ポテトに伸びていたトモの白い手が、急に動きを止めた。そんなに警戒しなくても。

「浮気の公認とか、ありえないよ？」

「浮気？　お願いしたいのは、舞台のことなんだけど」

「あっ！　ごめん、私、あの日は気が動転してて……ケイが王子役になったんだよね？　いろいろ不安だけど、ケイが舞台に立つのは楽しみ。絶対見る」

「そのことなんだけど、トモにも舞台に協力してほしくて。……オーディション来てたってことは、トモもちょっとは舞台に興味あるんだよね？　ダメかな？」

「舞台の協力っ⁉　い、いいの⁉　だって、私に隠れてミィ君と仲良くしようと……」

「隠れてって……よくわからないけど、ミィさんからのお願いでもあって」

「ミィ君が⁉　見せつけたいってこと⁉」

かみ合っていないようなので、俺は事情を説明した。

出演もしてもらいたいが、一番は俺が男子だとバレないよう手伝ってほしい。

「……そういえば、イノ女って先生でも男の人って全然いないかも。ケイちゃんがあんまりにも自然だったから違和感なく受け入れちゃってた」

「そんなことある？」

「ケイが男だってバレないように……それって、つまりケイが女子部員に手を出そうとしたら、私が体で止めればいいってこと⁉」

「……そんなことある？」

俺が部員に手を出すってどういう状況だろうか。昔の体育会系のイメージだと体罰なんてのもあるけれど、俺は現代っ子の文化系帰宅部である。

(暴力とかしないよ。平和主義だよ)

「私にできることはするよ。ケイが他の女の子に目移りしないように、頑張る」

「他の女子の目から俺を守ってほしいんだけど……大丈夫かな」

トモのやる気は十分でグッと拳を握ってから、照れたようにポテトを食べた。

俺も何本かつまむと、しばらく黙っていたトモがじっと見つめてくる。

「オーディションの時……私のこと、名前で呼んだよね？　あれって」

「えっ、ああ……ごめん、許可もなく。でもほら、名前で呼んだ方がいいかなって」

「それって！　ケイの中では、もう私たちそういう関係ってこと⁉」

「うん？　そうだと思ったんだけど」

リアルでも交流が多くなってきて、VTuberの名前で呼ぶと身バレしてしまう可能性がある。もう本名を隠しているわけでもないのだから、場合によってはそちらで呼び合う必要があるはずだ。

「あっ、そうだった。俺も……オーディションの時に、自己紹介で言ってたけどちゃんとトモに名乗ったことなかったよね？　俺、栗坂(くりさか)恵っていって」

「くりさか……めぐみ……っ！　わ、私も名前で呼んでいいの⁉　私も栗坂留依になるってこと⁉」

「うん？　タイミングによっては本名で呼んでほしいなって思ってるけど」

「ふっ、二人っきりのときとか？」

トモの冗談なのだろうか、二人だけでいるなら身バレの心配なんてない。

「……め、恵君？」

「うんっ、よろしくね……留依！」

改めて名前を呼び合うのは、気恥ずかしい。

「放課後二人っきりで会って、名前で呼び合って……私たち……もうそういう関係ってことだよねっ⁉　そういう関係になる寸前っ⁉」

「寸前？　もう俺の中では、だいぶそうだけど？」

「ほっ、本当に⁉」

俺の言葉に、トモが顔を輝かせた。俺ももちろん嬉しいけれど、トモの笑顔があまりにもまぶしくて——。

（あれ、なんだこの胸にグッと来る感じ？　友情パワーかな？）

夢が一つ叶って、トモとリアルで親友と言える関係に近づいて、心がそわそわしていたんだと思う。

5

演劇部の練習に参加するためイノ女へ向かう途中、「栗坂君？」と名前を呼ばれる。

「あっ、百瀬さん」

黒髪おさげの百瀬さんと出くわしてしまった。

「やっぱり栗坂君か。数日ぶりだね、元気にしてる？」

「元気は元気だけど」

危なかった。イノ女の校内で出くわしていたら、男子である俺がなんでそこにいるのか、と疑問を持たれていただろう。良くて守衛送り、悪くて刑務所だった。

「あっ、そうだ。最近……親友と仲が縮まった気がして」

「へぇ、いいな。栗坂君は仲良さそうで」

怪しまれないように、それらしい話題を振ってしまったが、百瀬さんの顔が暗くなる。

（しまった。百瀬さんはまだ親友とうまくいっていないのか……）

「あー……もし俺でよかったら、話聞くよ？」

もともと学校外の人間である俺は、練習の参加時間にも融通が利いた。ミィさんに遅れると連絡してから、百瀬さんと近くの喫茶店へ入ることにする。

「あたしの親友、変な男にハマっちゃってるんだ」

「えっ⁉ それって」

「ごめんね、いきなりこんな話して」

「それはいいんだけど……百瀬さんの親友、大丈夫なの？」

ハチミツで甘みがしっかりついた紅茶を一口飲んだところで、思った以上の話が飛び出してきた。

百瀬さんも、コーヒーにまだ手をつけていないのに苦々しい顔になっている。

「大丈夫、なのかな。あんまりその人のこと話してくれなくて。ネットで知り合ったみたいなんだけど」

「ネットかあ」

百瀬さんの親友はクラスメイトだ。女子高生がネットで知り合った怪しい男にハマっていると聞くと、確かに心配だった。だまされていないだろうか。

「歳(とし)は、同じみたいだけど。聞いてると、女慣れしている感じかな」

「女慣れ？」

「なんでもね、その男の人、いつも女性に囲まれているらしいんだよね。しかもどこへ行

って も自然とそうなっちゃうみたいで」

「えっ、すごいな。そんな人いるんだね」

いわゆるモテ男というやつか。きっとすごく男らしいタイプなんだろうな。一目見て男って感じの。

「イノ女にもそういう子いるよ。もちろん女子だけどね。カッコイイってすごく人気で、ちょっと歩くだけでキャーキャー言われるような」

「有名人みたい」

「そんな感じかな。演劇部の子で」

「それって」

この前、聞いたばかりの話が思い当たった。

性別不詳VTuberなのに、女性ファンがたくさんいる。だけどリアルでは中学生には見えない大人っぽい外見と、それに反して表情豊かで子供っぽいところがあって——。

（あれ、これVTuberの話じゃなくて、リアルのことだよね？）

演劇部での役の話じゃなくて、ミィさんはリアルでも王子キャラなのか。よく考えるとオフ会する前のVTuberとしてのミィさんだったら、そっちの方がイメージに合う。

リアルでのミィさんとの付き合いは、まだそこまで長くはない。けれど聞いている話と、俺の知っているミィさんとのズレが気になった。

「その人って……なにかきっかけがあって人気になったのかな？」

「きっかけ？」

興味本位の質問に、百瀬さんは丁寧に教えてくれた。演劇部は中高合同だけれど、中学生だけでの公演も年に何回かあるそうだ。その内の一回で、端役だけれど中世風の舞台で王子を演じた。それが驚くほど好評で——役だけでなく、普段の彼女まで人気になったらしい。

すっかり舞台の外でも王子様。

（……ミィさんなら、それこそ楽しんでやっているんだろうけど）

「どうかしたの栗坂君？」

「ごめん、考え事してた」

「ううん、よかったら栗坂君の話も聞いていい？」

百瀬さんは、落ち着いた声で聞き上手だった。俺はついつい紅茶が冷め切るまで、自分のことを話してしまう。

遅れて練習に顔を出すと、ミィさんに演劇部の倉庫へ連行された。

「やっと二人きりになれましたね。服を脱いでください」

「……今までもけっこう二人きりだったけど？」

「もうっケイ先輩ったら、ノリが悪い！　衣装のサイズ直し用に、採寸しておけって話なんですけど、衣装係の子に頼むと……バレる可能性ありますよね？　だから令が直々に測ってあげようってことですよ」

「ああ……なるほど、じゃあお願いするよ」

ミイさんに任せていいのかという不安もあったけれど、体をいろいろ測られると男だとバレてしまう。俺はジャージの上を脱いで、シャツ一枚になった。

「あれっ、先輩ほとんど令と変わらないですね。びっくりですよ」

「えええぇ!?」

「なんですその顔、令見てのとおりかなりスタイルいいんですよ？　なんで不服そうなんですか」

「だって、そんなはずなくない？」

背は同じくらいだと思っていたけど、でも目に見えていろいろ違う。

「あーもうっ、先輩ったらエッチですね。胸やお尻はサポーターつけてから測るんですよ。令も男装ですからね、このまま採寸はしないんです。王子用のシルエットが必要で」

「なるほど？」

「あと言っておきますけど、令のが脚ちょっと長いですから。ちょっとですけど」

「……別にそこで争ってないけど」

勝ち誇ったような顔をするミィさんだが、少しの差なら靴下の厚さで逆転できる。あまり勝った気にならないでほしい。俺は身体測定の日は靴下を二重で履いているんだ。

「そうだ、呼び方とかさ。一応、他の部員の人とかにも聞かれると思うし、変えた方がいいと思ってたんだ」

トモのことも部活中は留依と呼ぶようになったから、ミィさんのことも変えようと思っていた。なるべく人目は気にしているけれど、うっかりということもある。

「いいですよ、令ちゃんって呼んでもらって」

「……西蓮寺（さいれんじ）さんでいいかな」

「むーっ、他人行儀っぽくないですか？」

「でも部員の人たちからそう呼ばれているよね」

そう言うと、ミィさんが唇を尖らせた。

「そうですけどぉー。なんか可愛（かわい）くないじゃないですかー」

「可愛いって……ミィさんって可愛いとか目指してたの？」

「へっ？　……そりゃ、目指しては……ない、かもですね？　令はみんなの王子なんで、カッコイイのが大事ですけどー」

　そもそもどっちの呼び方が可愛いのか、カッコイイのかもわからなかった。

「今更だし、令さんでいっか」

「令でいいですよ、恵先輩っ」

「ええ？　しかも勝手に……」

「もしかして、恵先輩って呼んじゃダメでした？」

　まあいいかと話を終えたが、

（VTuberとしての身バレも心配だけど、近隣の高校に通っている男子高校生だってバレる危険性もあるんだし、本名で呼ばれるのダメなんじゃ……）

　と別の心配に気づいた。同接一万のVTuberと、近隣の地味な男子高校生ではどちらが女子校で身バレの可能性が高いのだろうか。

　悪い想像をふくらませていると、ミィさんの声で我に戻された。

「恵先輩、見られてますよ？」

「えっ!?」

　タイミング的に、誰かにバレたのかと思ったら、視線の主はトモだった。じっと無言でこちらを眺めている。

「なんだろ？」

「……恵先輩のこと呼んでるんじゃないです？」

「えっ、だったら普通に声かけてくれればいいのに」

「こんなに監視が厳しいと浮気もできないですねっ先輩。それじゃ令は練習に戻るんで」

ミイさんがニヘラっと笑い、トモと入れ替わるように出て行った。

「とっ……留依、どうしたの？」

「むへへっ恵君」

「すぐ呼んでくれたらよかったのに」

「邪魔しちゃうかと思って……ほらっ、恵君の気持ち、しっかり受け取ったし……私、あんまり束縛とかしたくないから。浮気は絶対ダメだけど」

両手の指をからめながら、トモが顔を赤らめた。気を使ってくれたみたいだけど、

「そういえば、留依も採寸してもらった？」

トモは部長の大歓迎のもと、急ごしらえで用意された王子（姫）の妹役に決まっていた。セリフはほとんどない役だけれど、ラストの前に涙ながらの別れを告げるシーンと、エンディングで踊るという大きな出番が用意されている。……踊るの？

基本的には、演劇部の倉庫に眠っている大量の衣装から背丈や役柄にあわせて、一番近いものをサイズ直しして着るのだが、商業主義に屈した部長さんは「志藤さんには特別に新作ドレスを用意して、客寄せにすべきではないのか⁉」と暴走していた。

日数的に余裕がなかったし、おっとりした副部長さんに聞けば、「クリスマス公演はエキシビションですからね。大会関連と違って部費もあまり出せません」とのことだ。

ちなみに、一見すると暴走気味な部長のストッパー役な副部長さんだが「中学生で主役になったのは西蓮寺様が初めてなんですっ。これはイノ女演劇部始まって以来の快挙っ！　最高のショーにしなくてはっ」と声を上ずらせていた。西蓮寺令ファンクラブ会長も兼任しているらしい。……大丈夫かな？

とにかく、部員ではないトモは細かい寸法もわからないし、採寸が必要だった。

「恵君に採寸してもらおうかなって」

「えっ、なんで？」

「……恵君に採寸してほしいからだけど」

「えっ、なんで？」

思わず同じことを言ってしまった。

「……ダメ、かな？　ほら、私……人見知りだから、知らない人だと緊張する」

「いや、採寸に緊張関係ないし……それにほら、俺は……」

「恵君と私の関係なら……お願いできるかなって」

トモは学校指定のジャージを着ていて、私服や制服姿のときほど強調されていないけれど、それでも体の出ているところとキュッと細いところがなんとなくわかる。

（だって、男子と女子なんだよ⁉）

男子の俺が美少女のトモを採寸するというのは、やっぱりおかしな話だ。

「ダメなの？　……私、恵君とはそういう関係だって思ってたんだけど」

「えええぇ⁉　そういう関係⁉」

どうやら、トモの中では男女であっても親友同士なら採寸するようだ。

断れない。異性であっても、トモと親友になれると信じているのは、他の誰でもない俺なのだから。

「わかった！　俺が採寸するよっ」

さっきミィさんが俺を採寸したばかりだ。あれだって逆ではあるけれど、男女で採寸していた。実際に、ミィさんがふざけて「ケイ先輩、腹筋全然ないですね」と触ってきたのを除けば、体にもほとんど触れていなかった。

（細心の注意を払えば……きっと、触らずに測れるはず！）

「あれ、メジャーがない」

　しかし、さっき使ったテープメジャーはミィさんが持っていってしまったようだ。

「ごめん、測るやつがないんだけど……留依は持ってきた？」

「な、なかったら、仕方ないよ！　代わりのものでっ」

「代わりのもの？」

「ほ、ほら、ただのビニール紐でも、長さだけわかれば、あとで物差しにあわせて何センチかわかるよね」

　そういえば俺も、家に長いメジャーがないから紐で代用したことがある。紐を測りたい長さで切ってから、三十センチ定規何周分かでだいたいの長さを測定できた。定規だと真っ直ぐなものしか測れないから、ちょっとした知恵である。

「じゃあ、紐は？」

「紐もない」

　ダメだった。倉庫の中を探せば、なにか代わりがあるかもしれない。ただそれだったら、メジャーを借りに行った方が早そうだ。

「恵君の手のひらは!?　……手のひら何個分かで測ればいいんじゃないかなっ!?」

「は、はぁ？」

「うんっ、それしかないよ！　ほら、演劇部の人も、急いでって言ってたから！」

「待って待って、手のひらで測るってなに⁉　そんなの聞いたことないよ‼」

言わんとすることは、わかる。

今度は、紐の代わりに手のひらを使うということだ。指先から手のつけ根までの長さは
だいたい十七センチとわかっているし、紐と同じで丸いものにも沿わせて測れるとは思う。

定規ではサッカーボールの円周は測れないけれど、手のひらなら球体に手を当てていき、
四つ分で……だいたい六十八センチとわかる。

（でも……トモを採寸するのに手のひらって……）

当然、サッカーボールのサイズを手のひらで測れば、手はサッカーボールに何度も触れ
る。つまりトモの採寸をしようとすれば――。

「いやいや、絶対おかしいよね⁉」

「……どうしたの、恵君？　……もしかして、私の採寸いやだった？」

「いやとかじゃなくてね！　手のひらで採寸はダメだって！」

どこを測るのか知らないが、メジャーどころか紐もなく、手のひらで測るとなればトモ
の体に触れないというのは至難極まる。しかしトモはまるで気にしていないのか、

「えっとね、スリーサイズは測ってほしいって。ほら、ドレスってキュッとしているから、

ここがサイズ合ってないと、脱げちゃうかもで」

　そう言いながら、ジャージの上を脱ぎ始めた。

（え、まさか本当に、俺に手のひらで採寸させようとしているの？）

　状況に、理解が追い付いてきていない。

「恵君、お願いっ」

　普通に採寸するだけでもうろたえていた俺は、トモのお願いにおいそれとはうなずけない。けれども、俺はトモとの間には、性別なんて関係ない友情があると信じている。

　息をのんで、覚悟を決めた。

「測るよっ‼　本当に、いいんだよね⁉」

「う、うんっ！　私の胸、恵君にお願いするよっ」

　トモが長い髪を持ち上げて、俺を受け入れる体勢になった。

（大丈夫だ。手のひらをぎりぎり宙に浮かせればいい）

　呼吸をとめて、白いシャツの上を繊維にだけ触れるか触れないか、決してトモの肌には当たらないギリギリで、胸の周りに手のひらを置いていった。

　背中の端から始めて、手のひら二つ分で脇まできた。これから前側に移る。

「……手が離れてるとサイズ、ズレない？　もっとぴったり体に合わせないと」

「この方法だと最初から正確に測るとか無理だよね⁉」

「だけど……もっとこうっ、しっかり触ってくれないと……っ！」

「しっかり触る⁉　ほ、ほら前も測るよっ！」

こうなれば自棄だと、俺はトモの前側――要するに胸を手のひらで進んでいくのだが、三回目の手のひらで、トモの右胸を覆うような状態になってしまった。もはや、状況を知らない人間が見ると、俺がただトモの胸をつかんでいるように見えるだろう。

（……状況をわかっているはずの俺にもそう見える。俺、なにしてんだろう）

このまま、なんとか最後まで。

「め、恵君っ」

顔を真っ赤にしたトモが、荒い呼吸で俺の名前を呼ぶ。そのせいで、限界ギリギリだった俺の集中が切れてしまった。

「ふわぁっ⁉」

手のひら五つ目が、トモの胸を押してしまった。完全に、触った。弾力とやわらかさとなにか優しい幸福感。

「ふぇにゅんっ、恵君っ」

「ご、ごめん、トモっ！　手がすべって……」

「ううん、いいから続けて。あ、でも名前は、ちゃんと留依って呼んでね？」

「それどころじゃないと思うんだけど……」

演劇部の練習参加中は、どこで誰に聞かれるかもしれないと、本名を呼んでいる。けれどもしこの場を誰かに見聞きされたら、呼び方なんて関係なく俺のいろいろなものが終わってしまう。

「……お、終わった」

俺の社会的立場ではなく、胸の測定の方だ。

どっしゃりと汗をかいてしまった。これをあと二回？　胸よりは、まだましなのかもしれないが、続けられる自信がない。

「ふへへっ。ありがとう、恵君。これでバストサイズはわかったから……次は……」

疲労困憊（ひろうこんぱい）な俺と違って、トモは顔こそ真っ赤だけれど元気そうだった。ただ自分のお腹（なか）に手を当てると。

「お、お腹はやっぱちょっと恥ずかしいかも……太ってはないよっ！　太ってはないけどっ、でもほらっ、冬ってちょっとゆるみがちだし……っ」

「季節とか関係あるものなの？」

「や、やっぱりウエストとヒップは自信ないから。部員の人に測ってもらってくるっ！」

「えっ……⁉」

そう叫ぶと、トモが倉庫を出て行ってしまった。人見知りだから俺が採寸したはずだったのに。

——だったら、胸も部員の人に採寸してもらえばよかったよねっ⁉

6

演劇部の練習に顔を出している影響で、俺のリアル充実度は右肩上がりを続けている。

ずっと帰宅部だった俺は、部活で汗を流す体験は新鮮で、非常に青春味を感じていた。

（これが女子校の演劇部でなければ、もっと喜べたんだけど……）

俺が王子役を引き受けたことで、ミィさんの負担も一応は減ったようだ。本人が言っていたとおり、土日の夜は定期配信を続けている。正規部員で主役のミィさんは俺よりもずっと忙しいはずだが、若いからかな、元気そうだった。俺は負けじと今まで以上に配信ペースを上げて、少しずつだが順調に登録者を増やしていた。

そして、ついにこの日が——。

「今日は性別不詳組から、うれしい発表があるよーっ！」

俺は三千円で買ったマイクに、いつもより力を込めてしゃべる。

○『性別不詳組No.1カワイイ対決』開催決定？
○もしかして新衣装かな？
○3Dアバター決定だな
　流れるコメントからあらぬ期待を感じるが、内容を聞けばもっと驚くだろう。

「えーっ、なんと性別不詳組のみんなで、あの人気コラボ企画！　宴百年（うたげひゃくねん）年末大宴会の参加が決定しましたーっ」
○え、すごい！　おめでとう！
○嘘（うそ）つけ、イロモノ集団があんな人気企画呼ばれるかｗｗｗ
○宴百年セレネ、お前見る目あるな。合格だよ
　多種多様な反応があるものの、基本的には驚きつつも祝ってくれていた。

（そりゃそうだよね。だってあのセレネさんと年末企画でコラボなんだから！）

「さっきセレネさんがＳＮＳでゲスト一覧を発表してたけど、そこにもちゃんと俺たちの名前もあるから！　嘘じゃないよっ」

　個別の告知は事前許可をもらっていた。性別不詳組以外のゲストVTuberたちも、今ごろ各所で発表しているだろう。

　ちなみに四人配信なのに俺が代表みたいに話しているのは、『一番コラボ楽しみにしているし、ケイがやりなさいよ』とアマネさんが決めた。他の二人も異論がなく、俺も「え、いいの？」と乗り気だったのでこうなったが、実際やってみるとなんだか気恥ずかしい。

『詳しい内容は、オレたちもまだ聞いてないけど、多分例年通りだったらパーティーゲームかな？　二十人くらいの VTuber で戦うことになると思うから、みんな応援よろしくね』

察してくれたのか、ミィさんがフォローに入ってくれた。

○全力で応援します。ミィ様の勇姿絶対見届けます

○ミィ様のイケメンぶりが世界に知られてしまう

○ケイの無様なところもさらされるな。あんまりポンコツでセレネのキャラ奪うなよ

コメントは相変わらずなのだが、

『アマネもがんばりますよぉ』

『うへへっ、セレネさんかわいいからコラボ楽しみだなぁ』

アマネさんとトモが入ってきて、そのまま雑談の流れになった。それぞれコラボへの意気込みを交えつつ談笑し、軽く三十分ほどで配信を終える。

いつもならこのまま配信外でも四人で話すのだけれど、今日はセレネさんからも改めてイベント告知配信があるらしいので解散となった。

もちろん、俺もファンとしてセレネさんの配信を視聴する。

セレネさん——宴百年セレネは、魔術特殊部隊の新兵という一見すると謎にニッチな設定で、はつらつとした後輩口調で真面目なのに少しポンコツというキャラが詰め込まれたVTuberである。

しかし、ひとたびその配信を見れば、セレネさんの魅力はすぐに伝わるだろう。

（そのセレネさんとコラボできるなんて、本当に夢みたいだ……）

軽快なトークで場を温め、

『SNSの方でもお知らせしましたが、今年もやりますっ！　宴百年年末大宴会！　今回もみんなのおかげでたくさんのゲストVTuberさんたちが来てくれまーすっ』

と告知に移る。ゲストの名前一覧を映して、ざっとセレネさんが紹介していく。特に今回初めて呼ぶVTuberは重点的に触れていっていた。

（つまり……俺たち性別不詳組のことも）

『次はっ、グループで呼ばせてもらってます！　性別不詳組のみなさんです。最近すっごく話題なんでみんな知っているかなー？　四人全員性別非公表のVTuberなんだって。メンバーのことも簡単に紹介させてもらうと、まずは藤枝(ふじえだ)トモさんですね。いっつもハイテンションで裏表のないキャラで大人気っ。見ているだけで、元気もらえるよね。あたしも配信でお話しできるの楽しみっす！』

（来たっ！　しかもメンバー一人ずつ話題にしてくれているっ）

『次にアマネ・エーデライトさん。すっごく優しくて天使みたいなVTuberさんっ。あたしもたまに配信見に行くんだけど、声がすっごく癒やし系なんっすよー』

（アマネさんか。次はどっちだ……）

『それから三宅猫ミィさん！　カッコイイVTuberさんだよねっ、声もしゃべり方も、本当に王子様みたいでーっ。あたしもカッコイイ枠として負けてられないよねっ』
○三宅猫ミィの配信見たことあるけど、セレたそとは違うだろｗｗ
○セレネはポンコツ枠でイケメン枠じゃねーぞｗｗｗｗ
（ミィさんだったか。小ボケも入れて温まったところで、やっと俺に……）

『えーっと、最後は甘露ケイさん！　……うーん、まあ特に言うことはないかな？』

（え？　……雑じゃない⁉）

『ゲスト紹介は以上っす！　年末のイベントには素敵なゲストがたくさん来てくれるから、みんなお楽しみにーっ！』

　本当に、そのまま終わってしまった。

　俺がゲスト紹介の大トリを飾ったことは嬉しいのだけれど、ただ忘れられていただけで

LIVE
HASHTAG:なまネ

最後に無理矢理つけ足された内容だった。

（……気にしすぎかな？　時間の関係かもしれないし、いっぱい話して疲れてたのかも）

ファンなだけに、楽しみにしていただけに、ショックだった。

けれど配信というのは往々にして予定通りにはいかない。これは俺も配信者だからよくわかる。台本を用意していても、すっかり忘れて全然トンチンカンなことを言ってしまうなんて覚えはいくらでもあった。うっかりしてただけだ、うん。

（忘れよう。つまらないこと引きずって、肝心のコラボが楽しめないのは嫌だっ！）

そう思って、パソコンの電源を切ろうとした時、メッセージの受信を知らせるポップ通知が表示された。

「って、えぇぇぇ⁉」

そこに表示された『宴百年セレネ』の名前に、声を出して驚いてしまった。コラボの誘いをもらったときに、全員個別での連絡先も交換していたけれど——。

（しかも、え？　通話できませんかって）

あのセレネさんと二人きりで通話。そんなことあっていいのか。VTuber同士といっても、セレネさんは人気VTuberで、俺は駆け出しVTuberである。二人で話すことなんてまるで思い当たらない。コラボ配信のことだったら、性別不詳組全員が呼ばれるはずだ。

わからないが、俺がメッセージを返すとすぐに通話がかかってきた。

7

「あっ、あのっ、甘露ケイです！」

『突然すみません』

「いやっ、そんな……あっ配信、見てましたよっ！」

『そうですか』

とセレネさんはまるで興味なさそうだった。声からして配信のときとまったく違う。いつもの元気で明るいセレネさんが、テンション低めである。配信中じゃないし、事務的な連絡だとしたら、それが普通なのかもしれないけれど。

「えっと……それでいったい？」

『甘露ケイさん。性別不詳VTuberで配信を始めてから一年弱……それで登録者は五千人超え。数字は、いいペースですね』

「え？　あの……ありがとうございます？」

『配信内容は主にゲームと雑談……普通のVTuberですね。やっているゲームも流行り物ばかりで、雑談は主にコラボで誰かとすることが多い。特にキャラとしての設定はないが、視聴者からは性別不詳でありながら美少女VTuberとして扱われている』

「俺のこと……調べてくれたんですか？」

俺は世に知られる人気VTuberと違って、どこかに情報がまとまっているわけじゃない。もともとコラボに声をかけてくれたのだから、まったく知らないということはないはずだけど、普段の配信内容まで知っているようだ。

さっきは『特に言うことはない』と言っていたが、この短時間で調べることはできないだろうし――。

『甘露さん、あなた男性ですよね？』

「ちょえっ⁉　なんでそれをっ⁉」

調べすぎだ。俺は性別不詳VTuberで――いやいや、よく考えたら最近の扱いがおかしいけれど、俺は性別を公言していないだけだ。それ以外は素のままだから、男子だってバレてもおかしくなかったのだ。

（つまり、セレネさんは俺の配信内容から俺を男子として判断してくれた？）

『プライベートなことを聞いて申し訳ありませんが――』

「ありがとうございますっ！」

『はい？　……感謝される意味がわからないんですが』

「俺、VTuberやってて男だって言ってもらえたこと初めてでっ。しかもそれが、セレネさんだなんてっ光栄っていうか。最近ずっと女子に勘違いされたままで……、気にしないでいたけど、男子としての尊厳がっ！」

ついつい、全力で喜んで感謝してしまった。

ただ、気になるのは――。

「俺のこと、それだけ知っていたのに……紹介はちょっとその……さびしい感じでしたよね？　あっ、不満とかはないけど、なにか理由とかあったのかなぁって」

『理由は簡単です。あたしが、あなたのことを嫌いだからです』

「えっ、嫌い⁉」

思いもしなかった直球すぎる返事に、俺は固まってしまった。推していたVTuberから二人きりの通話に誘われたかと思えば、嫌いだと宣言されてしまう。

「……俺なにかしました？」

今日までセレネさんとは、メッセージのやりとりしかしていない。それも性別不詳組としてだから、基本的にはアマネさんが返していた。失礼を働くようなことはなかったはずだ。そうなると、普段の俺に――配信内容に問題があったのか。

（配信内容に問題があるとしたら、トモの方じゃないかな……）

『あたし、知っているんですよ』

「え、知ってるってなにを？」

やましいことなんてしていないのに、そう言われるとドキッとしてしまう。リアルではともかく、VTuber活動では問題になるようなことなんて――、

『多数の女性VTuberに好意のあるそぶりをして、もてあそんでいますよね？』

「えええぇ!?　いやいや、なにそれっ!?」

『あたしのような部外者に口を出されるのは、心外だと言いたいんでしょうが』

「部外者どうこうじゃなくて、どこからそんな話が出てきたの!?」

内からも外からも、そんなことを言われる覚えなんて一つもなかった。そもそも多数の女性VTuberって誰だ。VTuberの知り合いなんてほとんどいないし、まともに連絡を取っているのは性別不詳組のみんなくらいだ。

『しらばっくれるつもりですか？』

普段の配信からは想像もできない低い地声だった。身に覚えはないが、冗談でからかわれているわけじゃない。ドッキリの類い――でもないだろう。

本気で、怒っている声だ。

(……あれ、この声？)

『たぶらかしている一人が、あたしの親友なんです』

「え？」

『藤枝トモです。リアルで、親友なんです』

「トモとセレネさんが……リアルで親友!?」

そんなこと聞いたことがない。そもそもトモは企画が決まるまでセレネさんとVTuberとしても交流すらなかった。

『……彼女は、多分あたしのこと気づいていません。今話してわかったと思いますが、普段とはキャラも声も違いますからね』

「トモもリアルとVTuberとで、かなりキャラ違うと思うんだけど……」

『やっぱりリアルでの彼女をよく知っているんですね。つまり手を出したと認めると？』

「なんでそうなるの!?　オフ会したことはあるよ。その後も何度か会ったけど、手なんて出して――」

出していない、とはっきり反論しようとして、アマネさんに言われて手をつないで歩いたことや、手のひらで採寸したことを思い出してしまった。

『やっぱり……出したんですね』

「違うって！」

『最低です。あたしの親友を傷つけたんですね！』

「してないって！　だいたい俺とトモだって親友だよっ！」

リアルではまだ、言い切れないかもしれない。けれどVTuberの俺とトモは間違いなく親友である。

『親友？　甘露さんが？　笑わせないで。つい最近でしょ、リアルで留依ちゃんと会うようになったの。それで親友……しかも手を出しておいて』

「だから出してないよっ！　それにVTuberとして俺たちは固い友情で結ばれてるんだよ」

『そっちも短い関係だよね。一年たってない。あたしと留依ちゃんは小学校からの付き合いだから。甘露さんと違います。親友名乗らないでください』

「俺も言わせてもらうけど、親友だって言うなら、なんでセレネさんはトモに気づいても名乗り出ないの？　自分だけVTuberなこと隠して、それ親友なの？　だいたいトモもセレネさんにVTuberやってること隠してたんだし、親友って言うくせにお互い隠し事して……」

俺とトモの関係性を否定されて、思わず言い返してしまった。

こんな意地の悪いことを言いたかったわけじゃないのに。ただ俺の言葉は予想以上にセレネさんに刺さってしまった。

『あっ、あたしだって！　留依ちゃんに言いたいですよっ。VTuberとしてあんなにキャラが違くても、声だけですぐ気づく大っ親友だから！　でも、親友があんなキャラして配信してたら……「留依ちゃん、藤枝トモって名前でVTuberやってるよね？」って言えますか⁉　リアルで会ったならわかるでしょ⁉　留依ちゃん、美少女なのにっ！　清楚で可愛くて、普段はあんなっ……猥談とか下ネタとか絶対口にしないのにっ』

「いやえっと……それは、わかるけど……」

さっきまで、ただただ低かったセレネさんのテンションがフルスロットルになった。しかし配信のときのセレネさんとはまた違う。怖い。俺が大ファンだったセレネさんがこんな――いや、リアルのセレネさんとVTuberセレネさんは別だ。

（それより、リアルのセレネさんって）

声となぜか聞き覚えのある内容。

（……百瀬さん？）

偶然知りあったイノ女の生徒だ。トモと同じ学校で、クラスメイト。百瀬さんも最近親友のことで悩んでいて、「親友がネットで知りあった変な男と――」と言っていた。

（えっ⁉　あの変な男って俺のことだったの⁉）

どこかで話が誤解されている。それは、わかる。わかるんだけれど——。

（セレネさんが百瀬さんだった。しかも、俺にキレている。親友をもてあそぶ悪い男だと思われている……）

ファンだったセレネさんからの明確な敵意と、友達になったばかりの百瀬さんが俺にそんな誤解を持っていること。

どちらも心がえぐられるようだった。なにより——。

（い、言えない。気づいたら名乗り出るべきって言ったばかりだけど、この状況で、「百瀬さんだよね？　俺、栗坂恵だよ！　すごい偶然だねっ」って無理だよ……）

『あんまり立場を使いたくないんだけど……あたしは、親友を守るためだったらなんでもします。年末の企画配信で、甘露さんだけ欠席にさせることだって、事故で炎上させるようなことも』

「炎上ってなにする気なの？」

『……あたしと甘露さんが実は隠れて交際していると捏造します。自分で言うのもなんですが、人気VTuberなので、交際がバレたら甘露さんはあたしのファンに袋叩き。タイミングよく二股されて別れたことも発表すれば、もはや味方もなく大量のアンチに攻撃されるでしょう。あたしも裏から燃料を投下して、配信引退にまで追い込みます』

「なんて恐ろしいことを⁉」

すごいことを言うが、仮にセレネさんが実行すれば、ほとんど今言った通りになるのが想像できる。

「でも、そんなことしたらセレネさんの評判だってひどいことになるよ⁉」

『留依ちゃんのためなら、かまわないです。それに甘露さんがクズだって、留依ちゃんにもわかってもらえて一石二鳥』

覚悟が決まりすぎだった。

「待って、セレネさん。俺の話も聞いてよ。俺とトモは本当にただの友達――親友なんだ。セレネさんと比べれば、ネットでもリアルでもまだ短い付き合いだけど……」

俺の気持ちが少しでも伝わったのか、セレネさんはしばらく黙ってから言った。

『……なら聞くよ。留依ちゃんと初めて会った時、甘露さんはへそを見せましたか？』

「へっ⁉　み、見せたけど、それがなにか？」

『なにかじゃありませんっ！　あなたは男で、留依ちゃんは美少女なんです！　初対面でへそ見せるようなことはしません。それは友情ではなくセクハラ、露出狂です。犯罪者め』

「へそ見せただけだよ⁉」

異性相手に軽率な行動だったが、そこまで言われることなんだろうか。納得できない俺に、セレネさんはさらに畳みかけてきた。

『手をつないだとも聞いたけど？』

「それはっ！　トモもいいって……」

『状況的にせざるを得なかっただけです。甘露さんが拒否すればよかったんじゃないかな』

「で、でも……異性でも手くらい……」

俺は言葉をにごす。握手ならまだしも、手をつないで歩くのは親友とはいえ、やはり異性同士でするには、俺も違和感を覚える。取材で仕方がなかった。でも。だからこそトモも嫌だと言えなかったのかもしれない。もし、俺がハッキリとアマネさんに拒否していれば。

『最近は、リアルでは名前で呼び合っていると？　まるで恋人同士のように？』

「詳しくない!?　あんまり話してくれないんじゃなかったの!?」

この前、喫茶店で聞いたときはトモが相手のことを話してくれないと言っていた。

『留依ちゃん、全然話してくれなかったけど、二人の仲が順調なんじゃないって、もう実質付き合っているんじゃないって調子に乗せたらペラペラと教えてくれましたよっ！』

「おだてて聞き出してる⁉　親友相手になんてことをっ！」

『……それより、なんで留依ちゃんが男のこと隠してたって知っているのかな？』

「えっ？　……俺もトモに、それっぽいことを聞いたような気がして」

『留依ちゃんが、あたしより甘露さんになんでも話すって言いたいの？』

少なくとも俺は話を合わせて、隠し事を聞きだそうなんてことはしない。画面越しで顔が見えない百瀬さんから、にらまれている気分だから言わないけど。

『これだけやってれば、留依ちゃんが勘違いすると思いませんか？　甘露さん、もう一度言います。あたしの親友をもてあそばないでください。もしあなたが、留依ちゃんのことを友達と——親友と思っているのなら、その態度は間違っています』

「……俺も、素手で胸を測ったのはおかしいと思ってたんだよ？」

『胸を測る？』

この話も聞いていると思ったが、ついこの前のことでまだバレていなかった。

「いやっ！　そういうんじゃなくて……というか、勘違いさせるようなことってセレネさんも言ってたよね⁉　実質付き合っているとか適当なことをっ！」

『……それは仕方なくで。と、とにかく甘露さんは、もう留依ちゃんを勘違いさせないでください！　留依ちゃんが、女の子だってわかってるよね？』

言いたいことはまだあったのに、俺はなにも言い返せなかった。

俺は、トモと性別なんて関係なく親友になりたかった。だけど性別なんて関係ないと思うばかりに、リアルのトモを——トモが女子であることを受けとめきれていなかった。

しかし、トモを——志藤(しとう)留依という一人の女の子を考えようとすると、自分でもどうしていいのかわからなくなってしまった。オフ会をしても、リアルで会ってもトモはトモだ。性別不詳だけど、性別なんて関係なくエロガキな俺の親友——そのはずだったのに、リアルで会ってから、トモを女子として意識する気持ちが消えない。

親友と思う気持ちは、少しも変わっていない。そのはずだけれど、以前とはトモへの気持ちが変化している。それが自分でも、わかっていた。

(……トモは、女の子だよ。俺の中でもはっきりそうだ。だから困っているんだよっ)

わかっているからこそ、それ以上なにも言えなかった。

8

あれから数日、トモとギクシャクしていた。セレネさんに言われて、距離感を考え直そうとしているのがうまくいっていない。

せっかく、リアルでも親友として距離が縮まってきたと思っていたのに。

悩んで昨日も寝付きが悪かったけれど、クリスマス公演の緊張のせいか早起きしてしまった。今日がもう、公演日なのか。

もう高校は冬休みに入っていて、俺は朝から舞台準備でイノ女の演劇部へ向かった。集合時間までまだあったけれど、大勢の前に立って演技する経験なんてないから、余裕をもっておきたかった。

（……にしても、早すぎたか）

演劇部員どころか、生徒もほとんどいない。

女子校で一人フラフラ歩いている男子高校生というのも所在がない。今日のクリスマス公演にしたって、一般公開で男性も歓迎というわけではなく、生徒の家族などに配られる招待券がなければ入場できないそうだ。一人になれる場所を探して、演劇部の倉庫へ逃げ込むと、

「ん？」

まだ誰もいないと思った部室棟だったが、倉庫の前まで来ると中から声が聞こえる。

「君と僕とが、本当に友情で結ばれた二人であれば、どれほど良かったろうか」

よく通る声、それに舞台のセリフだった。

（しかもこれ、俺のセリフだ……）

俺が演じる王子（姫）は、もともと主人公である王子（ミィさん）の婚約者で、隣国の姫だった。しかし王である父親を婚約者に殺される現場を目撃してしまう。復讐のために男装して正体を隠し近づいた。すべては狡猾な王子（ミィさん）を油断させるためだ。自分を別国の王子と偽りながら友好を築いていく。ただしそれは、元婚約者が父を殺した理由探しでもあった。形ばかりの婚約。けれども仕方のないわけがあったのであれば、この復讐は諦めるつもりだった

しかし父殺害は、単なる策略であった。婚約すら、王子が隣国を支配するための計画でしかなかった。

王子（姫）は、復讐を決意する。しかし男装していた中で、二人が感じていた友情は本物だった。信頼されていたからこそ、気を許していたからこそ、彼も隣国を乗っ取る計画や、父殺害の経緯を話したのだ。

それがわかっていたから、王子（姫）はためらう。もし自分が姫ではなく、王を殺された身の上でもなく、本物の友情をいだく一人の男であったなららと。

——ちなみに、これは準主役である王子（姫）側の視点なので、実際には主役の王子（ミィさん）側にもいろいろある。複雑な思惑が入り乱れる愛憎劇というやつだ。

「けれども、許されない。貴様の私欲のために殺された父のため、その恨みは私が継ぐべ

き業なのだから！」

　これは鏡の前で、復讐を果たすと誓うシーンだ。俺の役の見せ場なのだが、いかんともしがたいのである。

（男装している王子だけど、このシーンだけは姫に戻るんだよね……）

　つまり男子である俺からすると。

　――女装しなくちゃいけないシーンだ。

　なんとしても断ろうとしたのだが、『先輩は女子って設定なんですよ？　女装じゃないです。ただちょっと派手なドレスを着るだけなんですから嫌がると怪しまれますって』とミィさんに押し切られた。

　絶対におかしい。

　けれど泥沼にハマっているような気分で、もう後にも引けなかった。

（その俺の女装シーンのセリフが、なぜ倉庫から……）

　気になって、俺はドアを開いてしまう。

　そこらの体育倉庫と変わらないくらいの室内には、衣装や大道具がぎっしりと詰まっている。中央の空いているスペースは、俺とトモが採寸した場所だった。

　そこに立っていたのは――、

「ほわぁあっ⁉　なんでケイ先輩が」

部活中は髪をまとめているミィさんが、おろした髪にドレス姿で立っていた。ちょうど舞台のシーンを再現するように、衣装合わせ用の姿見の前で。その表情は、引きつったように固まっているけれど、さっきまでは役に入り込んで真剣な目をしていた。

「……ミィさん、もしかして王子が嫌なんじゃないの？」

「王子が嫌ですって？　先輩、変なこと言わないでくださいよ！　令は、王子大好きですよ。子供の頃からずっと憧れでしたもんっ」

「それって、王子になりたかったわけじゃないよね？」

「先輩は、なにが言いたいんですか」

VTuberのミィさんは自他ともに認める王子だ。しかもリアルでも演劇部で人気の王子様なんだから、他のみんなと比べてVTuberとリアルのキャラが一番近い。でも、

「少し前にオフ会して、そんなに長い付き合いってわけじゃないけど……俺とかトモとかアマネさんと話しているミィさんのが素なんだよね？　学校だと違うみたいだけど」

「素って……それはそうですけど。でもほら、令ってば見ての通り人気者ですから？　みんなの王子様ですからね。あんまりイメージ崩すことしたくないですし」

「じゃあ、そのドレスは？　さっきも、俺のセリフ言ってたけど」

「……それは、ほらあれですよ」

練習中、セリフが出てこないなんて一度もなかったミィさんが、視線を泳がせて、口を数度パクパクさせた。

「オフ会の時、自己紹介で言ってたよね？　理想の王子様を演じてるって」

「……言ってましたっけ？」

しらばっくれるミィさんは、ドレスの裾を握ってぎこちなく笑っている。

「それってさ、ミィさんが王子になりたいってことじゃなくて、ミィさんを姫にしてくれる王子ってことだったんじゃないの？」

「あははっ、びっくりしましたよ。先輩、顔だけじゃなくて、女心もわかるようになったんですか。やっぱあれですか、姫役やったからですか」

「王子（姫）役だからっ！　女心は……全然わかんないし」

「じゃ、そんな先輩に教えてあげますよ。……正解です。令がなりたかったのはお姫様ですよ、ずっと」

そう言うと、少し恥ずかしそうにしていたミィさんだったけれど、吹っ切れたようにスカートの裾を持ち上げた。

ファンの生徒から声援を送られた時に返す王子のポーズと比べると、こなれていないのがわかるけれど、それはそれで可愛いお姫様だろう。

「令をお姫様にしてくれる、理想の王子様がいつか来てくれるって思っていました。でも現実には難しいですよね」

「まぁ……日本に王子はなかなか……」

「別に、家柄は気にしないんですよ？　それでもこうっ、心に来るようなカッコイイ人って全然……それで、令は自分の理想が高いんだろうなって。でもじゃあ、理想が叶うならそれってどんな人なのかなって」

それで始めたのが、VTuberで、演劇部だったということらしい。

「王子になるのだって楽しかったですよ。これは嘘じゃないです。だから嫌なだけじゃないんです」

「でもさ、……配信中や、舞台の上以外でまで王子になる必要はないと思うよ」

「そうなんですけど、期待されているってのがわかると……。令の王子様ぶりが想像以上に人気だったのもあって、どんどんファンサービスに応えていく内に……」

ミイさんがサービス精神旺盛なのは、配信を見ていてもわかる。

求められて、本来の自分とは違うキャラを演じてしまうのはVTuberでは、よくあるこ

とだろう。だけどミィさんの場合は、それが学校生活でもずっと——無理が出て当然だ。

「もういいですよね？　先輩の衣装、勝手に着てたことは謝るんで」

「え、いや謝らなくても……似合ってるし、本番も俺の代わりに着て欲しいくらいで」

「脱ぎますっ！　だから倉庫から出てください」

なにかもっと言うべきことがあったと思う。けれど、器用にドレスの背中の紐をほどき始めたミィさんと倉庫にはいられなかった。

9

舞台の幕があがる前、客席にアマネさんの姿を見つけた。どうやらミィさんが招待したらしいけれど、男装する王子（姫）役で女装シーンがあるという複雑怪奇な心境の俺からすると知り合いに見られるのは精神的にダメージがあった。

しかしその分、肩の力が抜けて緊張せずに済んだ。

（これなら舞台もなんとかなるかな……）

けれど、予想だにしないことが起きてしまった。

「志藤さんの衣装、サイズ合ってないだと⁉」

更衣室の外で隠れるように着替えていた俺のところまで、部長の怒声が飛んできた。

「でもっ、部長の指示で当日までかかっていいからって派手なアレンジ追加してたんですよっ！」

どうやら着替え自体は終わっているようなので、そっと様子をうかがうと衣装係の人が部長をにらみ返していた。二人の奥で、トモが衣装を胸元で押さえたまま体面悪そうに立ち尽くしている。

「どういう状況？　なにが起きたの？」

俺はなるべく遠回りして争いを避けつつ、トモの横までいった。

「恵君っ！　そのっ、私の胸が……っ」

「胸が？」

「……縮んじゃったみたいで」

「胸が⁉」

男子なので、それがどういう事態なのかわからない。よくあることなのか。でもそれならここまで大事にならないだろう。

「………さっき衣装着てみたら、ほら、ブカブカで」

「えっ、ちょっ！」

そう言って、トモが無防備な胸元を見せてきた。俺のことを親友だと思って、警戒していないんだろう。けれど、俺は自分でもわかるくらい顔が赤くなっている。

(セレネさんっ、これ本当に俺のせいなんですか⁉)

トモだって、俺を異性と、俺が男子とわかっているのか。

「あっ！　別にそのっ、小さいわけじゃないよ⁉　平均よりある方だし、むしろけっこう大きいし形も綺麗って評判で……美乳ってやつ？　だから安心してよね⁉」

「ごめん、しまってもらえると安心なんだけど」

「ふぇっ⁉　あっ、そうだよね……みんなもいるし……」

俺以外は女子なので、みんなよりも俺を気にしてほしかった。

トモは少し照れた様子だったけど、

「でもなんでこんなブカブカに……やっぱり縮んだのかな……最近、恵君ちょっと距離あるし……もしかして、私の胸が小さくなったせいで⁉　私の胸が小さくなったから、恵君、胸の分だけ私に興味失ったの⁉　ケイにとって胸の大きさは興味の大きさで……」

「え、言ったことないよね？」

勝手に俺をそんな胸が大好きな人間にしないでほしい。

(けどそれより……トモも俺との距離感に気づいて……)

節度ある距離感は保ちつつ、異性の親友としての接し方を俺なりに模索しているつもりだった。だけどどうしてもうまくいかない。

今だって、自分がどんな顔か。それが親友に向けるものじゃないのがわかる。

（でも……っ！　親友が俺に胸の谷間なんて見せてくるからでっ‼）

「ん？　待って、ドレスの胸のサイズがゆるいのって……もしかして、それって俺が採寸したサイズじゃないよね⁉」

「……え、バストは恵君に測ってもらったままだよ」

「どう考えても、それが原因だよねっ⁉」

胸囲を手のひら六つ分でサイズ調整したドレスが合うはずもない。それはブカブカにもなるだろう。

「すみません、部長さん、衣装さんっ。俺のせいです」

二人は変なポーズで戦闘態勢に入っていた。俺は間を割って、全力で頭を下げる。

「留依の採寸は俺も手伝ったんですけど、その時の測り方が悪くて……それで衣装がブカブカに……」

「栗坂さんが採寸を？　いやでも、こいつが前日までに試着すらしていないのがな」

「だからそれは部長がドレスにあれこれ注文つけてきてっ！」

「待って待って！　とりあえず……これ、本番までに……留依の出番までにどうにかならないんですか？」

二人が争っても仕方がないし、原因である俺としては、なんとか解決したい。

「このドレスはデザイン的に……パッドとか詰めてごまかすのも厳しいですよ」

「そうだな。別の衣装……いや、姫の服装となると……」

「私があと三十分以内に胸を大きくできれば……」

衣装さんと部長さんの二人が頭を抱えて、トモが胸を抱えた。

トモがなぜか「恵君の協力があれば」とつぶやいているけど、俺は魔法とか使えない。

なにか他の案はないかと悩んでいると、王子の衣装に身を包み、メイクもばっちり終わらせたミィさんが「それなら」と口を挟んだ。

「妹役なら動きも少ないですし、胸を押さえながらでなんとかなりませんか？　あとは不自然じゃないくらいになにか詰めて」

「別れのシーンだけならそれでもいいんだが……最後のダンスシーンがな」

「ダンスはカットしかないですって」

「しかし志藤さんの美貌をたっぷり客席に披露する必要があるだろっ！　西蓮寺（さいれんじ）、お前自分だけで客を満足させられると思ってんのか⁉」

部長さんの逆ギレに、ミィさんも苦笑いを浮かべた。

「そんなことはないですけど……」

「まぁでも、ダンスシーンが抜けるとラストパッとしなくなりますよね」

横で見ていた副部長さんも話に入ってきた。

「……やはり代わりに、西蓮寺様に踊っていただくしか」

「こいつが踊っても、こいつのファンしか喜ばないだろうが。だいたい王子と姫は、決闘の末生死不明って終わりなんだぞ。それで、そのあと踊ったらおかしいだろ」

「姫じゃなくて、王子（姫）なんで王子二人ですけど……そもそもこのラストの後にダンスはどうなのかなって……」

素人なので口を出さない方がいいのかもしれないが、トモ演ずる王子（姫）の妹は神子でエンディングに二人の王子へ祈りの舞を捧げる——というのだが、俺からするといるのかそんなシーンという印象だ。しかも俺だけでなく、

「部長、わたしもそれ言いましたよね」

「普通に悲劇なんだから、はっきり二人とも死んだことにしてパッと終わらせちゃいましょうよ」

「悲劇に散る、腹黒王子の西蓮寺様っ最高すぎますっ」

部員の人たちも次々意見を出してくる。ラストを変えて、わかりやすい悲劇として終わ

らせるのもいいと思うけれど、それでは華が足りないと不満そうな部長に俺は提案した。

「王子に女装させましょう」

「はい？　恵先輩、急に変なことを言わないでくださいよ。先輩が男装王子だからって、それで僕が反対に女装って――」

「いや、ありだ。王子は姫の復讐に勘づいているはずなんだ。それなのに友情や積み上げてきた計画、大臣たちの策謀によって、部下も連れずに姫との決闘に臨む。だがこの狡猾な王子がそんなことをするだろうか」

「部長、落ち着いてください。だからって女装は……」

ミィさんは、俺の目的に気づいたんだろうか。珍しく慌てて止めようとするが、部長の目はすでに輝いていた。

「もともと姫の父を殺した時は、娼婦に変装していた設定なんだ。ちょうどいいだろう。一人で挑む代わりに、姫の動揺を誘うため女装する。これは王子（姫）の正体に気づいていたというメッセージにもなる」

「でもそれだと結局ラストは！」

「西蓮寺が女装するくらいの見せ場があるなら、そのまま悲劇として幕を閉じることも許容できる。それなら客も喜ぶだろう」

「そんなぁ！　僕が女装したって――そもそも令は女子だから、女装じゃないですっ！」

男子なのに男装させられている俺がいるというのに、なんてことを言うんだ。

俺はそんなわがままを許すつもりなどなかった。もちろん、今回の原因が俺だということもあるのだけれど。

「令、ちょっといいかな」

「先輩、今は忙しいんであとに」

「お願い、なんでも一回聞いてくれるんだよね？　使わせてほしい」

「………なんですか」

本当なら、ミィさんから人気の秘訣を聞き出すはずだったが、それはなんとなくわかった気もするし、諦めることにした。

「女装して、舞台に出てよ」

「だから先輩は、さっきからなんで令にそんなことをっ」

「ドレス似合ってたから。王子じゃない令も、みんなに見てもらおうよ」

「なっ！　先輩はっ、そんな適当なこと言って……」

ミィさんは俺と、それから部長さんたちに視線を移してから、大きくため息をついた。

「イメージ崩れたって苦情きたら、先輩責任取ってくださいよ」

「そのときはまあ……なんでもするよ」

そういうわけで、直前にもかかわらず一部内容を変更し、舞台の幕が開けた。

10

満場の喝采に、幕を閉じる。

ミィさん演じる王子が女装するせいで、セリフも急な変更が入って、それに合わせて俺もいくつか覚え直しが必要だった。

なにより、一番の障害になったのは結局、衣装だ。

トモの衣装は手で押さえて脱げないようにするしかないが、ミィさんが女装するためのドレスはそもそも用意されていない。

ただしミィさんにサイズが合うドレスの存在は、俺が知っていた。

『令には、俺が女装シーンで着るはずだったドレスを着てもらおう！』

『……サイズピッタリなのは、着てわかってますからいいですけど』

『よし、じゃあそういうことで！』

『先輩？　まさか自分だけ女装から逃げようとしてます？』

にっこりと笑うミィさんに、肩を強くつかまれた。演劇部の練習メニューには筋トレが入っているだけあって、力強い。いや、痛いよ？

『でも、ドレスは一着しかないんだから仕方ないよ。俺のシーンはドレスなしでっ！』

『ドレス着て舞台あがるタイミングかぶらないですよね。恵先輩の女装終わったら、早着替えで、同じドレスを令が着ます』

『ええ、早着替えって……』

　ミィさんの断固とした主張で、人目を盗んで倉庫で早着替えするはめになった。

　相手がミィさんとは言え、女子と同じ部屋で着替えるのは精神的な疲労がすさまじい。もちろん顔は背けていたが、感じなくていいはずの罪の意識にさいなまれた。

　肝心の舞台だが、

「西蓮寺様が女装なんてっ！」

「野心のためには女装までする腹黒王子っ、西蓮寺様演じる王子に新しい幅がっ」

「最高ですっ‼」

　と大好評だった。

（ってミィさんの感想しかないな。……西蓮寺令ファンクラブ以外のお客さんいた？）

　黄色い声援ばかりで心配になったが、舞台そのものも成功だったと思う。

　来場者からアンケートを集めていて、それを元に反省会もするらしいからそこで細かい感想も聞けるはずだ。俺の王子（姫）のかっこよさに気づいた、見る目のあるお客さんもいると嬉しい。

片付けもそこそこに、クリスマス公演の打ち上げが開かれた。部員ではない俺とトモも呼ばれ、特段予定もなかったので参加する。

当然、女子ばかりの集まりなわけだが、なんとかやっと慣れてきた。

（舞台終わってから、ミィさん見てないし……気になるな……）

俺がお願いを使って、無理矢理ミィさんを女装させた。

本心から、ミィさんがドレスを嫌がっていないとは思ってのことだけれど、それでも内心どうなのかは心配だった。

部室棟の練習部屋でお菓子や飲み物を広げる。さすがは専用の部室棟まで持っている強豪演劇部だけあってか、スーパーやコンビニで見かけないものが並んでいる。その中に、銀座で名の知れた洋菓子店のタルトアソートを見つけた。一ついくらするんだろうか。本当に食べていいのかと悩んでいると、ミィさんが現れた。

「これって、部費で買っているの？」

ミィさんが、慣れた様子で遠慮なく高そうなお菓子をひょいひょい食べていた。

「いつも演劇部ＯＧがたくさんきて、バンバン差し入れしてくれるんですよ」

「へぇ、毎回これはうらやましいなあ」

「あーもうっ、なにをそんな呑気なこと言ってんですかぁああ」

「えっ、酔ってないよね？」

ミィさんが俺の肩に腕を回してきた。

手に持っているシャンパングラスには、高級なブドウジュースが入っているようだ。もちろん、アルコールではない。

「もうねっ！　先輩のせいで、令が今まで積み上げてきたクールで甘い理想の王子様ってイメージが台無しですよっ！」

「いろんな役できた方がよくない？」

「王子以外の役なんて令はっ……興味がまったくないわけじゃないですけど、でも望まれてたのは王子なんですよっ」

「でも、好評だったよね？」

ファンたちは大満足だったようだし、舞台上や袖で見ていた俺もとても良かったと思う。

あれなら新しいファンが増えていてもおかしくない。

「……令、可愛かったですか？」

「だから評判だったって」

「そうじゃないですっ！　先輩本当にそういうとこ男子ですねっ！」

「え、急に褒められると怖い」

　俺たちがわちゃわちゃしていると、部長さんが様子を見に来る。お腹が空いていたのか、両手にフライドチキンを持っていた。

「西蓮寺に、栗坂さん。二人とも無茶ぶりによく応えてくれた。ありがとう」

「部長ーっ！　令、先輩のせいで女にされちゃいましたーっ。慰めてくださいー」

「染色体のせいね。令は中学生だから、まだ習ってないのかな？」

「ま、実際、西蓮寺は変わったな。肩の力、抜けたんじゃないか」

　部長さんは、手に持ったフライドチキンをむしゃりとかじる。

「西蓮寺、無理してただろ。いい機会だから、これからはもっと気楽にやれよ」

「別に令は無理なんて……」

「そうか？　ま、あたしも最初は西蓮寺がそういうやつなのかと思ってたけどな。大人びた中学生のガキなんて、最近いくらでもいるし。でもまだまだお嬢ちゃんだったみたいだ」

「大人びたじゃなくて、令、大人ですけど。お嬢ちゃんってなんですかぁー」

「そういうとこだ。栗坂さんが来てくれて、お前のクソガキぶりがよくわかったよ」

「それは先輩のレベルと合わせてるんですー」

　ガルルとミィさんが俺を威嚇してくるけれど、俺の方こそ失礼な発言に怒りたいくらいだった。高校生と中学生の差を甘く見ている。

（……中三だったころと今で俺がどれくらい成長したかっていうと、パッとは出てこないけどっ！　でも、中学生よりは大人だよっ）

　確かに学校のミィさんは大人びて見えた。

　俺の知っているミィさんもキザな王子だったけれど、今じゃもうこっちの生意気な中学生ギャルの方がすっかり自然に見える。

　部長さんは話が終わったからか、フライドチキンが骨だけになったからか、またフラフラと離れていった。残されたミィさんもグラスに残ったジュースを喉へ流し込む。

「先輩には、感謝してます。……悩み、解決してくれましたからね」

「舞台がなんとかなって良かったよ」

「そっちじゃないですけど、まあそっちもありがとうございます」

　本当にジュースで酔ってきているのか、ミィさんの顔が少しだけ赤かった。

「俺も王子役やったかいがあるよ」

「恵先輩のは男装した姫ですからね。あんなの全然っ令の理想の王子じゃないですからっ」

「はいはい」

「悔しかったら、令がもう王子やらなくていいなーってくらいカッコイイ王子になってください」

あいにく、王子になりたいわけではなかった。

そういえば、トモはどうしているだろう。異性の親友との適切な距離感はいまだにわからないけれど、このままギクシャクしたくない。

「恵先輩っ」

視線をさまよわせていた俺は、とっさのことにまったく反応できなかった。

頬になにかヌルリとしたものが当たって、気づけばすぐ近くにミィさんの顔がある。真っ赤な顔をしたミィさんは、そのままそそくさと俺から距離を取って、

「お礼と埋め合わせです。先輩がせっかくエッチなお願いしようとしてたのに、別のことで使わせちゃったんで」

からかうように、けれど恥ずかしそうに笑うミィさんは、舞台や配信で王子としてふるまうのとは別の可愛さがあった。

その後もしばらく遠目に、ミィさんが部員たちに取り巻かれているのを眺めていた。お

そらく部員兼ファンと話しているんだろうけれど、ミィさんは王子らしさが抜けて、素のギャル──というべきなのか、いつもみたいにカッコつけず無邪気にふるまっていた。

VTuber三宅猫ミィは配信中と配信外ではキャラが違うように、西蓮寺令も舞台の上と日常ではキャラが違っていい。

一件落着と思ったところで、部員の一人がお客さんからもらったアンケートの感想をいくつか読み上げ始めた。ずいぶんとにぎやかだけれど反省会が始まったらしい。

「みなさんもすでにご存じ──いえ、肌で感じていると思いますが、今回は急遽演出に追加されました西蓮寺さんの女装が大好評でした。『可愛い』『王子以外の西蓮寺様の姿をもっと見たい』など多数のご意見をいただきました」

それを聞く他の部員たちも拍手しながら、強くうなずいている。ミィさんも照れたように笑っていて、無理矢理女装させた俺も再度ほっとした。

「一方で、今回外部から参加していただいています栗坂さんにも、大変好意的な感想が多数寄せられておりまして『西蓮寺さんはかっこよかったけど、可愛さでいえば準主役の子が上だった。ドレスシーンがもっとあるべき』『姫の子は外部ゲストらしいけど、可愛かったからまた見たい。ドレスシーンが少なすぎる』『次はライバルじゃなくて正式にヒロイン役で出てほしい』『主役とヒロインが同じドレスを着ていたけれど、ヒロインの子の方が可愛かったから、順番が逆の方が良かった』という熱い要望が多数ありまして」

「えええぇ⁉　ちょっと待って、どういうこと⁉」

どうして俺が、ミィさんより可愛いなどと言われているのかさっぱりわからない。心外だった。しかもさっきまで満更でもなさそうによろこんでいたミィさんが、「恵先輩……」と悲しい目でこちらを見ている。

――いや、俺のせいじゃないよね⁉

どうして俺がミィさんより可愛いと評判になってしまったのだ。他にももちろん、妹役のトモを褒める感想も来ていたが、部長さんからも「よかったら、次は要望に応えて是非ヒロイン役で」とオファーされてしまった。

もちろん、全力で断った。

11

菓子類をつまんで精神が回復してきたので帰ろうとした時、やっとトモを見つけた。

「どこにいたの？　探してたのに」

「……準備してて」

「準備？　帰る準備――にしては、服がそのままだけど」

トモは舞台で着たドレス姿のままだった。胸元のサイズが合っておらず、肩を出した衣装は手を離すと脱げてしまうはずである。

「二人で話したい」

「え？　うん、俺も話したかったけど」

「ついてきて」

特に疑問も持たず、トモと倉庫へ行く。VTuberのこともあるし、人目がないと俺も話しやすい。

ただこの倉庫で、先日俺はトモの胸を採寸したばかりだった。

（正直、胸のふわっがまだ頭を離れてない……）

セレネさんに言われるまでもなく、俺だってなにかおかしいことには気づいていた。ハッキリとおかしいと言われて、自分自身も、トモへの感情がわからなくなっている。俺は間違いなく、トモを親友として見ているはずなのに。

異性のトモを性別と関係なく親友と思うことと、異性としての適度な距離感を忘れないこと。言葉にすれば、簡単なのにどうしてこんなに難しいのだろうか。

（トモが女子だってことはちゃんと考えながら、でも異性としては意識しない。親友なんだ。俺が変な気を起こさなければ……ちゃんと、親友になれる。でも、トモはなんていうか、俺に無警戒っていうか……）

トモも俺と同じ気持ちなはずだ。俺のことを親友だと思っている。
だからあれだけ、俺に警戒せず接してくれているんだ。そうでもなければ、手を握ったり、体を触らせたりなんてしない。トモの気持ちを、俺たちの友情を絶対に裏切らない。

「これでよし」

「え、よしってなにが？」

俺が考えている間、トモはドアの前でなにやらガタガタとしていた。

「一応、人が来ないようにね」

見れば、近くに置かれていた棚や箱でドアを塞いでいる。そこまでして二人で話したかったのか。でも万が一もないなら、俺も安心して話せる。

「恵君」

「トモ？」

「……なんで、トモって呼ぶの？」

「えっ、二人きりだからだけど……」

もともと、そういう理由で呼び始めたはずだ。

「ミィ君のことも名前で呼んでたよね。令って」

「えっ、それはだって」

「……恵君がなに考えているのか、わからないよ」

「待って、それは俺も……」

言い返そうとして、トモがすぐ目の前にいることに、急に言葉をつまらせた。

舞台用のドレスは、サイズこそ合っていないものの、やはりきらびやかで、トモが着るといっそう綺麗に見えた。

長くツヤのある黒い髪は、衣装の装飾によく映えている。

「恵君も、男の子だし……わかるよ。ミィ君、可愛いもんね」

「あの、トモ？　あのさ、俺も話したかったんだけど、謝りたいことがあって」

「謝ることってなに？　そんなの、聞きたくないよ」

「いや、聞きたくないって」

今までの俺は間違えていた。トモとしっかり向き直る必要がある。

「恵君、お願いだから私だけを見て。私は恵君のことしか見てないよ」

「トモ？　ちょっと近すぎないかな……。これだけ目の前にいると、視界にはトモしか入らなそうだけど」

「留依って呼んでよ」

吐息が感じられそうなくらい、トモがすぐ近くにいる。

俺は思わず、一歩後退(あとずさ)りした。しかし、それと合わせるように、トモが一歩俺に近づく。

「……私、やきもち焼きだよね。だけど、それだけ恵君のことしか考えてないんだよ。私にとって、恵君が一番大事」

「俺もトモが大事だけど」

「だけど？　……ねえ、いいんだよ。私も、まだちゃんと付き合う前はいやだったし、会って一ヶ月なのも早いけど……でもね、そんなの関係ないくらい恵君のことが――」

トモの胸元を押さえていた手が離れる。

ドレスがはだけて、そのまますするりと腰まで落ちた。

「えっ、ちょっとっ、トモ!?」

下着に覆われた胸があらわになる。――慌てて視線をそらしたけれど、脳裏にはくっきりトモの胸が刻まれていた。

(うっかり手を離したんじゃないよね？　どういうこと……待って待って、違う。何かが誤解を生んでいるんだ。セレネさんが言っていたみたいに、俺がトモをなにか勘違いさせてしまって……)

俺は顔を背けながら、けれどトモの目を見て、言葉をなんとかつむぐ。

「トモ、落ち着いて。俺が悪いんだよね？　間違ってた。それはわかっているんだ」

「恵君、こっちちゃんと見てよ」

「トモ、俺たち……親友だよね」

「……恵君？」

白い肌と白い手が止まる。俺はなにも余計なことを考えず、勢いに任せてしゃべった。

俺は男子で、うっかり親友相手に変なことを考えてはいけない。そう思った。

「親友だよね、俺たち。これからもずっと。そうだよね、トモ？」

「恵君」

下着姿のトモをもう一度でも見てしまえば、忘れられなくなりそうで怖かった。それだけでなく、もうトモの目も、顔も見られない。トモがどんな顔をしているのか、想像できなかったし、想像したくなかった。

「ごめん。俺、あんまり友達いなくて、全然距離感とかわからなくて、トモに対して間違ったことしてたよね？　トモはトモなのにさ、変に意識しちゃってたよ」

自分でもわかるくらい、下手に笑った。

くだらないこと言って、俺とトモはいつも笑っていた。こんな作り笑い、一度もしたことがなかった。でも、大丈夫だ。直(じき)に慣れる。自然と正しい距離を見つけられる。

「これからも親友でいよう」

「………恵君」

トモが俺の名前を呼んだ。

「俺たち。これからもずっと親友だよね、トモ」

俺は、最後までトモを留依とは呼ばなかった。

しばらく、お互い無言だった。俺はなにかもっと言うべき言葉があるのではないかと、必死に探していたけれど、情けないことになにも言えなかった。

「そ、そっか……そうだよね。ケイちゃんっ、もう！　当たり前じゃん！」

静寂を割るように、トモのソプラノが響いた。

「と、トモ？」

「あははは！　ケイちゃんがあんまりにもミィ君に鼻の下伸ばしてるから、ちょっとからかっただけだよっ。むふふっ、ボクがおっぱいだしたら、ケイちゃんも鼻血出すんじゃないかって、オフ会の時の復讐もあったんだけど」

「えっ、トモ？　あ、あの……」

あまりに声色が変わって、それはまさしくエロガキ VTuber のトモだった。俺は思わずそらしていた顔をトモへ向けてしまうと、

「あーもうっ、ケイちゃんったら、やっぱり見たかったんでしょーっ。エッチだなぁ」

「ちょっ、ちょっとっ⁉　む、胸っ……」

　まだトモの上半身は下着姿のままだった。だがヘラヘラと笑っている様に、俺はどこか安堵してしまう。

「はいはい、もうしまうって。……うん、ケイちゃんが女の子を襲うような男子じゃなくてよかったよ、本当に。性別不詳組で不祥事起きたら、もうただの不祥事組だもんねっ。安心安心っ」

「トモ、俺をからかって――」

　冗談でも、まさか脱いでくるなんて、いくらエロガキだからって体を張りすぎだ。文句の一つ、説教の一つも言うべきだった。いつものようにトモがボケて、俺がツッコミを入れる。

　もしこれが冗談でなくても、俺がなにか言えば冗談にできた。二人で笑って終わらせられたはずだ。

　でも、トモの目には、涙が浮かんでいた。

「じゃ、そろそろボクは帰ろうかな。着替えないとだから、先に出るよ」

　トモはそう言って、そのまま いそいそと自分で塞いだドアから出て行った。「またね」

と別れたときに、トモは俺のことを振り返らなかった。

——これで、よかったのか？　本当に？

配信中③《宴百年セレネ》

性別不詳組にコラボ依頼を出したのは、本当に偶然だった。

宴百年セレネとしてVTuber活動するようになってから、百瀬千世は自分以外のVTuberの配信もよく見ていた。

もともとVTuberが好きだったことに加えて、自分がVTuberとなり交流が増えたことでさらにVTuber漬けの生活になっている。

個人VTuberの数は多く、とても網羅できるようなものではない。話題になるようなVTuberはチェックしていたが、性別不詳組というVTuberグループは名前を聞いたことがある程度だった。

メンバーの一人が同接一万を超えたことがきっかけで配信を見ると、グループの四人がそれぞれ個性的で面白い。

（性別不詳VTuber四人なのに、キャラがかぶってないんだ……）

すでに勢いは十分あるし、これからもっと人気になりそうだ。

コラボ依頼は、純粋に他のVTuberと交流したいという気持ちもあるし、彼女自身が人気になった今では少しでも応援になればという思いもあった。

さっそく誘いの連絡を送って、了承の返事をもらう。コラボが決まったので、下調べがてら四人の配信をチェックする。

そのときやっと、彼女は親友が自分と同じくVTuberであったことに気づく。

性別不詳組のVTuber藤枝トモは、彼女の親友である志藤留依であった。

声は似ていた。けれど、少し聞いたくらいでは違うと思った。

(だって留依ちゃんとは……全然キャラが違う……)

VTuberなのだから、リアルとは違うキャラを作ること自体は別に珍しくもない。むしろ多少なりとも、配信受けを狙ったキャラ作りが普通だろう。

しかし、そうだとしても、あまりに普段と違う。

親友は清楚でつつましやかな美少女だ。あれだけモテるのに、彼氏どころか、異性の影も見たことがなく、クラスの女子たちとの恋愛話や時には行き過ぎる話題にも、決して参加しない。純白を通り越して、神聖さを感じさせる親友が、自分の知らない顔を配信で見せていたのだ。

正直、今でも半信半疑だ。おそらく声だけでは、何度聞いて、いくら似ていると思っても確信にはいたらなかっただろう。

様子のおかしかった親友から、なんとか聞き出した情報をつなぎ合わせた結果、ようやく親友とそのVTuberが同一人物だと認めることができた。認めざるを得なかった。

　ただしもう一つ幸か不幸か、親友が物憂げだった理由もわかった。

（留依ちゃんが悪い男にだまされていたなんて……許せないな）

　志藤留依は、相手が誰かわかるようには話さなかった。だけどVTuber活動に気づいた上であれば、すぐにその相手が誰かも推測できた。

　性別不詳組のメンバーの一人、VTuber甘露ケイを呼び出す。

するべきではないとわかっていたけれど、それでも彼女は自分を抑えられなかった。

配信を見た限りでは印象の悪い相手ではなかったし、コラボが決まってから何度かメッセージをかわして、さらには二人で直接通話をしても、最後まで悪人には思えなかった。

もしかしたら、本当にただの行き違いなのかもしれない。

けれども甘露ケイ自身、彼女の言葉に、最終的には納得していた。

（コラボ相手に、脅すようなことして……あたし、最低だ。……でもこれで、解決したんだよね？　誤解が原因だったとしても、これで留依ちゃんも元気出してくれるよね）

　学校が休日に入っていたこともあって、その後の親友を知れたのは、性別不詳組の配信だった。

正確に言えば、親友が学校の演劇を手伝っていて、クリスマスにやる舞台に出ていたから、その姿は見に行っていた。

ただ開演前は演劇部でトラブルがあって声をかけられなかったし、終わった後も親友からは「忙しいから、ごめん」と連絡が来た。親友の舞台姿はすばらしいものであったけれど、タイミングが合わないせいか、いい機会であったけれど話せずにもどかしかった。

（留依ちゃんと甘露さん、どうなったんだろ）

年末のコラボ配信までもう日もない。二人の関係性がすんなりと収まっていることを期待して、いざ配信をつけたのだが、

『ケイちゃーん、今日はさぁどんな下着なの？　ねぇねぇ、恥ずかしがらないでさぁ』

『トモ!?　なに言ってんの配信中だよ!?　いや、配信してなくてもそんなこと聞かないでよっ』

『いいじゃん、教えてよ！　色だけでもいいからさぁー。それに、ボクの下着はこの前見せたじゃん。だからお願いっ！』

親友が、甘露ケイにセクハラしていた。
○トモちん、いいぞ！　もっといけ
○ケイの下着は意外に柄物だろうな。子供っぽい感じとか

○意外か？　イメージ通りだろ
○トモさん、お願いします。もっとケイちゃんにセクハラしてください
コメントもてはやしているが、ざっとさかのぼると、どうやら配信が始まってすぐこの流れになったようだ。どう見ても、親友が自主的にやっている。

もともと配信中の親友は、普段の姿からは想像もできないような発言をする。卑猥(ひわい)な内容をなんの躊躇(ちゅうちょ)もなく口にして、セクハラまがいのことだって前からあった。

（だけど……これは……）

『じゃあ代わりにオカズ教えてよ。ケイちゃんってVTuberでもイケるの？　ほらケイちゃんってば、セレネ好きじゃん。ねえねえ』

『えっ、ちょっとトモ!?　迷惑かかるから、それは本当、配信中はダメだって！　いや配信外でもダメだけどっ！』
○トモさんの中でケイちゃんは百合(ゆり)なのか
○ケイのガチ注意ｗｗｗ　セレネは優しいから配信でネタにしてもオカズにしても許してくれるって
○トモの暴走を止めるには下着を教えるしかないぞ
親友のリアルを知らない視聴者からすれば、いつもよりテンションが高いくらいなのだろうか。しかし彼女からすれば――。

（留依ちゃん……セレネはあたしだよ……）

もちろん、配信でこれくらいの扱いを受けること自体には、そこまで抵抗はない。しかしそれを口にしているのが、リアルでの親友となると話は違う。

『セレネ可愛いもんねー。いいよねーああいう元気で従順そうな子。調教系とかいいんじゃないの？』

『トモっ！　セレネさんに失礼なこと言うなって！　だいたい――いや、とにかく……』

事情を知っている甘露ケイが、困ったように言葉をにごした。

（……絶対、おかしい。今までの留依ちゃんよりも、もっとおかしくなっている）

今までよりも、明らかに親友の様子がおかしくなっていた。

理由は多分、配信先で親友と話している彼なのだろう。

第四話　年末コラボ配信したら俺以外全員女子!?

1

トモがエロガキになってしまった。

もとからしてそうだったのだけれど、しかし配信以外ではろくに返事をくれない上、配信中は今まで以上のエロネタ全開で暴れ回っている。

（理由は間違いなくクリスマス公演の後の……）

アマネさんとミィさんも『ケイがどうにかしろ』と言わんばかりに黙っている。せっかく久しぶりに四人で配信できたというのに、トモが散々俺相手にセクハラして、さらにはセレネさんや他のVTuberまでターゲットにしてきた。

今までなら、ギリギリ守っていたラインをあっさりと突き抜けている。

（俺はどうしたら）

頭を抱えていると、メッセージアプリに着信がかかった。もしかしてと親友の名を期待したけれど画面に表示されたのは、

「せっ、セレネさん⁉」

いったいなんだと、俺は慌てて通話に出る。

「あの……セレネさん？」

一瞬、どちらの名前で呼ぶか迷ったが、考えれば俺がセレネさんの本名を知っていることは——リアルでも知り合いだということは、まだセレネさんに伝えられていなかった。

『甘露さん、急にすみません。性別不詳組の配信を見ていました』

「すっ、すみません！　俺は止めたんですけど、セレネさんの名前まで出して」

『それはいいよ。……知らないとはいえ、親友からああいう扱いを受けるのは複雑だけど。それよりも、甘露さんですよね。トモになにをしたんですか？』

「なにをしたって言われても……」

あの日あったことを話せばいいのか。だがその前に、

「……トモとあったことは話すよ。できればセレネさんにも相談したい。ただお願いを一つ聞いてもらってもいいかな？」

『お願い？　なんですか。親友のためですから、あたしも多少なら融通しますが』

「会って、話せる？」

『……最低ですね。やっぱり留依ちゃんから聞いていた通りじゃないですか。甘露さん、あたしと会って……やらしいっ』

前回よりも友好的に聞こえたセレネさんの声が、一瞬で冷ややかなものへと変わる。

「えええぇ⁉　誤解だよっ、いや、会うって確かに急であれだけど、そんなやらしいってなんだと思って……っ」

通話を切られまいと、必死に俺は事情を説明する。事実を知ったセレネさんは唖然としていたが、それでも会う約束をしてくれた。


翌日、覚えのある喫茶店でセレネさんと待ち合わせた。

「あの」

「…………お久しぶりです」

放課後にたまたま会った時は優しげに微笑んでくれていたのに、今のセレネさんはしかめっ面だ。

「ごめん。俺は最初通話した時に気づいてたんだけど、言い出せなくて」

「…………それは、あたしもあの態度だったんで仕方ないですけど」

「できたらその、敬語はやめてもらえると。前みたいな感じで」

「……そうだね。呼び方もVの方だと困るから、前みたいに話そうか」

だいぶ渋々——いや、まだ納得も理解もしていないようだけれど、口調だけでも戻してくれる。だいたい敵対しすぎて、その前から敬語はだいぶ外れていた。

「百瀬さん、まず来てくれてありがとう」

「あたしも留依ちゃんのこと、どうにかしたいから」

百瀬さんはコーヒーを一口飲んだ。

「聞かせてくれる？」

俺は順序立てて、トモとあったことを説明した。

性別不詳組のオフ会でのことは口外しない約束であったけれど、セレネさんはトモのことをリアルでもVTuberとしても知っている。

「…………へ？」

「どうしたの百瀬さん？」

「う、うん？　ごめんなさい、留依ちゃんから聞いていた話とだいぶ印象が違ったんだけど」

「えっ、どこら辺が？」

具体的なことは話していないから、印象が変わるような部分もないと思った。

「留依ちゃんの話だと、オフ会してすぐアプローチされたって」

「えっいや、そんなことはないはずだけど……戸惑いのが大きかったし」

「女の子だったから、これ幸いと狙ったんじゃないんだ？」

「違うって！　……その、信じてもらえないかもだけど」

セレネさんからすれば、俺はトモをだましている悪い男だ。俺とトモの話、どちらを信じるかと言われれば、勝負にもならないだろう。

「……栗坂君が平気で嘘つくとも思ってない」

腑に落ちていないセレネさんだが、俺の話を端から疑うわけではない。

（甘露ケイはもう完全に嫌われてたけど、栗坂恵としての友好はまだあったんだ……っ）

「でも、留依ちゃん可愛いよね？　本当にあれで、あわよくばって思わなかったの？」

「……いやだって、ずっと同性だって思ってたんだよ？　それが美少女だったからってそんなすぐ気持ち切り替わらないって」

だけど俺はセレネさんに指摘された通り、異性であるトモに間違った接し方をしていた。

ただ接し方を間違えただけで、そこにあった感情自体は――。

「……正直、もう自分でもわからなくて」

「ふぅん」

「だってVTuberとリアルで違い過ぎるんだって！　百瀬さんだって、戸惑ってたよね!?」

「あたしに同意を求められてもね」

その通りだった。

「トモの気持ちをしっかり受けとめないまま、自分でもわからないまま……拒絶したんだ。百瀬さんにあれだけ言われて……結局、俺がトモを傷つけた」

「今は、栗坂君だけが悪いとは思ってない」

「で、でも」

「……留依ちゃんも、あたしの知らない部分があるってのは、配信でわかってる。あたしが全部知った気なのもおかしいし、栗坂君が留依ちゃんのことわかってなくても仕方ない」

セレネさんは、フォローとして言ってくれたのだろう。

けれど、俺は親友を知った気でいた自分が、改めて情けなかった。

「……トモと二人で、もう一度話したいけど」

「けど？」

メッセージを送ってもよくわからない内容が返ってきて、通話をかけても出てくれない。

「……あたしも昨日、あの後で連絡取ったけど返信ない」

「なんにも？」

「未読だけど、それが？」

「い、いや？」

(俺にはトラの絵文字とか送り返してくれている。……いや、別にここで争ってもしょうがないんだけど)

リアルでトモと親友であるセレネさんと、VTuberとして親友になった俺。こんな状況でも俺には返事（中身はない）をくれるんだから、申し訳ないけれど勝利ということだろうか。

(リアルのトモとエロガキのトモ、両方と俺は仲良くなったんだし、いつまでもセレネさんに上から親友面されるのもね。……ま、今はそんな場合じゃないか)

「顔、にやついてない？　わかってるの、留依ちゃんが栗坂君のせいでどれだけ傷ついて、今どんな心境なのか」

「ごめんっ！　で、でも……どういう心境なのかは、わからないかも」

「……………それは、あたしもわからない」

そもそも、トモがどうして配信ではあんなキャラなのかわからない。

でも少しだけわかるのは、みんなリアルとVTuberとでは、見せている自分が違う。違うけれど、どちらも同じ自分だということ。俺は全然キャラ作りしていなかったから、わからなかった。でも今ならその気持ちはわかる。

みんな、いろんな思いで配信している。

「俺、トモと話してくる」

「どうやって？」

「……家に、行く」

「栗坂君。それ、ストーカーだよ？」

2

本当にただ自宅へ行けば犯罪だろう。ただトモの家は洋菓子店だ。お客として行って、あわよくば手伝いでレジに立っているトモと話せるかもしれない。そう思って、狙い通りと言うともう悪びれてもいないけれど、洋菓子店のレジでエプロン姿のトモを見つけた。

「いるね」

「……ストーカーだって言っておきながら、なんで百瀬さんまでついてきたの？」

「栗坂君だけだとストーカーだけど、親友のあたしもいればセーフだから」

「言っとくけど、俺も親友だよ？」

俺とセレネさんは、店の外から中をうかがっている。見るからに怪しい二人組だった。

しかしトラの絵文字をもらっている俺は、無視されているわけでも拒絶されているわけでもない。まだ話し合えるはずだ。話せば、きっとまた——。

「あたしも、留依ちゃんと話したいから」

「でも百瀬さん、VTuberのこと話してないよね？」

「……話してないけど、タイミングが悪くて」

「それはわかるんだけど、このまま二人で行くと……どう説明していいのかわからないよね？　トモは、俺と百瀬さんが知り合いなことも知らないわけだし」

セレネさんも俺の言いたいことがわかったようで、困った様子で顎に手を当てた。

「それはそうか」

「百瀬さんには悪いけど、待っててもらっていいかな」

そういうことだから、俺だけで乗り込もうとしたのだけれど、

「……ケイちゃん？」

「えっトモ⁉」

さっきまで店の中にいたはずの、黒髪の美少女が目の前に立っている。

まさかトモが店から出てきていた。店はガラス張りだし、外からトモが見えていた以上、向こうからも俺たちは見えていた。気づかれてもおかしくなかったけれど、深淵（しんえん）のような

瞳が俺を見つめている。

「……なんで、千世といるの？」

「あっ、いやこれはそのっ！　俺はトモと話したくて」

「話すってなにを？　親友の私に、ケイちゃんはなにを話してくれるの？　……千世と仲良さそうだったね。お店の中からでも二人が楽しそうなの、しっかり見えてたよ」

「えっと、百瀬さんとは偶然知り合って友達に……」

ダメだ。恐れていたことがすべて実現していた。こうならないために、俺だけで行こうとしていたのに一歩遅かった。

「へぇ、じゃあ私と同じだね。私もケイちゃんと偶然知り合って友達だもんね」

「それは……」

「違うの？　もしかして私のことは友達だけど、千世は違った？　アマネっちとミィ君のことも？　じゃあ女の子として見てないのは、私だけなんだ」

「なんでそうなるの⁉」

俺がトモを親友と扱おうとしたばっかりに、なにかがおかしくズレてしまっていた。それでも話し合えば、俺がちゃんと気持ちを伝えられれば、誤解が解けるはずだ。

そう思っていたのだけど、トモはそれ以上俺の話を聞いてくれなかった。

「最低っ！　ケイちゃんはそうやって、女の子みんなにいい顔してハーレムとか作ろうとしているんでしょっ。私が重い女だからって……一夫一妻制の主義者だからって、捨てたんでしょ。ケイちゃんは後宮思想なんだっ！」

「一夫一妻制の主義者ってなに⁉　後宮思想ってなに⁉」

「最低のハーレム男と話すことなんてないっ！　もうお店にも来ないで！」

「ま、待っててっ！」

俺の呼び声もむなしく、トモは店へ戻っていってしまう。

それだけでなく、トモは他の従業員に声をかけると、奥へと姿を消してしまった。多分二階の自宅へ帰ったのだろう。遠目に見えたその表情は、泣いているようだった。

「……百瀬さん、俺は確かにトモを傷つけたと思う。でもハーレム男ってなに？」

「栗坂君。あたしもいたよね？　なんで、留依ちゃんはあたしのことは無視だったの？あたしはハーレム男と違って悪いことしてないのに」

「だから俺はハーレム男じゃないよ⁉」

「留依ちゃんっ、あたしはいいよね？　お店また来てもいいし、話してくれるよね⁉」

セレネさんにだって、非がないわけじゃない。そもそも今だって、この場にセレネさんがついてきたせいで、余計に誤解されているはずだ。それなのに、

「それは、さすがにおかしくない⁉　百瀬さん、トモのことが大事なのはわかるけどさ、もっと落ち着いて周り見た方がいいよ⁉」

「なっなっ！　栗坂君には言われたくない！　クリスマスにあんな可愛い子から迫られて、『俺たち親友だ』とか言っちゃうの、どうかしてる。冷静に一般常識を見直すべきだね！」

「親友のために炎上させるって脅すような人が一般常識⁉　人気VTuberのくせして、ちょっとネットの倫理観バグってない⁉」

「男女の倫理観バグってる人に言われたくないね！」

言い争いはそれからしばらく続いたけれど、こんなものはなんの解決にもならなかった。

意味がないことなんてわかっていたのに、人間はそれでも争いをやめられない。

3

あの日を境に、トモから完全に拒絶されてしまった――のであれば、まだわかりやすいのだけれども。

トモから届いたメッセージは想像と逆だった。

『ごめん、ケイちゃん。あんな風に怒って……親友なのに、どうかしてたよね。まだ顔を合わせるのは無理みたい。だけど私、頑張るから。だから、これからも親友でいてね』

俺を責めるわけでもなく、ただ謝られてしまう。

親友でいたいと、願われた。

面と向かって言われた言葉とは真逆だ。トモの本心だとは思えない。思えないけれど、それでもトモは俺に自分の気持ちを曲げてまで言ってくれたのだ。

（気持ちはうれしいけど……でも俺は……）

考えてみれば、オフ会してリアルでも会うようになってから一ヶ月近く、トモとの距離は急に縮まりすぎていた。

だからそれもあって、俺はまだリアルのトモを受け入れられていなかった。今は少しだけ時間を置いて、これから徐々に慣れていけば、VTuberとしてのトモとも、美少女としてのトモとも、うまいことやっていけるかもしれない。

あと数日でセレネさんの年末配信である。それまでは配信に集中して、視聴者を増やすべきではないだろうか。

じわじわとだけれど増えた登録者は、やっと六千人。

十万人には遠いけれど、それでも着実に前へ進んでいた。

（リアルでもVTuberでも親友。俺が望んだ通りだけど……ダメだ、やっぱり違うっ）

しかし、直接会って話すのはダメだと言われて、二人きりでの通話も『もうしばらく、距離を置きたいの。ごめんね』と出てくれない。メッセージのやりとりも、込み入ったことを話そうとすると絵文字が返ってきて、それ以上は口を閉ざしてしまった。

今のところ、ギリギリできるのは配信までらしい。

だからといって、配信中に強行して会話へ持ち込もうとしても、

「トモ、ちょっと話したいんだけど」

『なになに？　ケイちゃんエッチな話？　エッチな話なら歓迎だけど』

「そういうんじゃなくて、真面目な話で」

○ケイちゃんどうした、配信ついてるけど平気か？

○配信切り忘れて二人でエッチな話してくれ

『真面目な話はちょっとなぁ、あっ、ボク、ケイちゃんの声聞いてたらエッチな気分になってきたから一人で楽しんでくるねーっ。じゃ、配信中だけどごめーんっ』

「トモっ⁉」

○マジで消えたｗｗｗ

○トモさん、お願いします。配信つけながらでいいんですよ

○ケイも手伝ってあげようね？

ということで、あれからまったくまともな会話ができていない。ネット通販で買った安

物のゲーミングチェアに腰を沈めて、ため息をつく。

　どうにかできないかとトモとのメッセージ履歴を眺めていると、耳慣れた声に呼ばれた。

「恵(めぐみ)！　どうしたの、そんな落ち込んで」

「……ナズナ、なんで突然俺の部屋に現れたの」

　徒歩数十秒単位の近所に住む幼馴染(おさななじ)みは、いまだに事前連絡というものを覚えない。

『来た方が早い』と言うが、ネット回線をなめていると思う。

「妹ちゃんが入れてくれた」

「玄関はいいとして、部屋にもドアってあるよね？　ノックとかさ」

「アタシと恵の仲でしょ？　壁なんてないようなものだよ」

「そんなこと言って、俺が勝手にナズナの部屋入ると怒るよね」

　なにを隠そう、親しき間柄でもノックが必要だと教えてくれたのはナズナではないか。

そのくせ自分はしないというのは、とても不公平である。

「そりゃだって、アタシは女の子でしょ」

「そうだね？」

「はぁ、恵は相変わらずだ。思春期とかちゃんと迎えたの？」

　道理を説いていたはずの俺が、なぜか呆れられてしまった。

ナズナが勝手に俺のベッドの上で寝転がった。スカートから白い脚が露わになって、そっちこそ恥じらいをそろそろ覚えろと言いたくなる。ずっと反抗期みたいな性格して。

「で、急にどうしたの？」

「んーまあね。それより、恵こそどったの、悩み？　年末大宴会前で緊張してる？」

「ちょっと親友とね」

「親友？　あーVTuberの？　ケンカしたんだ」

ナズナは人の枕を抱きかかえて、つぶしたりなでたりしている。ぬいぐるみじゃないんだからあんまり俺の枕に馴れ馴れしくしないでほしい。

「ケンカじゃないよ。……ちょっと行き違いで、誤解もあって、俺が悪かっただけで」

「ま、そこに踏み入るつもりもないけどさぁー。こういうのは一回タイミング逃すと長引くでしょ。でも恵がどう思っているかは別としても、早く謝った方がいいよ」

せっかく家まで行ってつかんだチャンスも失敗したばかりだから耳が痛い。

「恵ってさー、マイペースだよね。せっかちなときはせっかちで、のろいときはのろい」

「えっ⁉　ナズナに言われるとは思わなかったよ」

俺の中でナズナほど自分に素直で自由なやつもいない。そんなナズナから言われると、けっこうショックだ。

「ほら、親友ってのもさ、恵ばっかりが言っているだけなんじゃないのかなって。向こうは普通に友達くらいのつもりでも、恵が親友親友って押しつけてるんじゃないのー？」

「そんなこと……あるかもだけど……っ」

相変わらず、ピンポイントで刺してくる。こういうのも幼馴染みなんだろう。

「ん？　もしかしてナズナのこと幼馴染みって思っているの、俺だけってことじゃないよね？」

「ふふっ、どうだろうねー？　ま、アタシはほら、恵のイラストレーターとプロデューサーも兼任しているしねー」

「その節はいつも助かってるよ」

そういう話がしたかったわけではなかったが、それこそナズナとは物心ついた頃からの付き合いだ。

もし別の関係性が増えても、幼馴染みであることは変わらないだろう。

「それで恵のVTuber活動を全面バックアップしているアタシがーっ、最近絶好調の恵のために新衣装準備中なんだよねー」

「え、新衣装⁉　いいの⁉」

「まーねー。アタシなりに、恵の登録者十万人を応援ってとこかなー」

寝転がりながら、ナズナは体を起こして照れるように笑う。

「ありがとう、無償で新衣装なんて」

「んん？　無償とは言ってないでしょ？」

「幼馴染みってすばらしいよね」

「おーい？　年明けたら、パンケーキ三枚はごちそうしてもらうからねー？」

俺のお年玉を、両親や親戚からの愛をかすめ盗ろうとする幼馴染みだが、日頃の感謝もあるので前向きに検討する。

（……それに、ナズナのおかげで気づいたよ）

「そういえばさ、恵の親友って……親友って言うくらいなんだし、同性なんだよね？」

「……それは事務所NGだから」

幼馴染み兼イラストレーター兼プロデューサー相手でも、性別不詳VTuberとして他のメンバーの性別は教えられない。

4

トモに、もう一度俺の気持ちを伝えようと決心した。

なるべく早く。けれど避けられている中で、どんな状況なら話せるだろうか。

（トモが逃げられない場所……かといって、もう家にも押しかけられないし……だったら適当な理由をつけて抜けられない配信とか？）

それはもう、大晦日の夜にある宴百年年末大宴会になってしまう。

参加すると言っていたし、コラボ配信中であれば聞きたくないといっても途中で逃げられることもないだろう。

（だけど、大勢のVTuberと配信する中でトモと話すなんて……あっ）

宴百年年末大宴会の配信内容については、基本的には例年通りだ。

ゲストでゲーム大会があり、優勝したVTuberには特典として自由宣伝時間がもらえる。

今までの優勝者は自分の配信を紹介したり、一発芸したりする場合もあったけど、

（あの時間、使えないかな）

思いついたら、かなりの無茶で問題があったとしても、それしかない気がしてくる。

俺の個人配信ではないし、そもそも俺一人で呼ばれているわけじゃない。

トモは別にしてもアマネさんやミィさんは、ほとんど巻き込まれるようなものだ。

（……相談してみるか）

二人に連絡を取って、グループ通話を開始した。

「トモのことで二人に頼みたいことがあるんだけど」

『ケイ、今度はなにしたの？』

『先輩ダメですよ。トモ先輩はケイ先輩と違って本物の女の子なんです。繊細なんです』

「その言い方だと俺がニセモノの女の子みたいな……いや、そういう話は置いておいて」

性別と繊細も関係ないと思うけれど、今はそんな話をしている場合じゃなかった。

アマネさんもミィさんも、トモのことは心配しているようだ。

「あのさ、今度のセレネさんのコラボ配信で――」

トモと話したいが機会がないこと、年末の配信で時間を作れないか――計画を話した。

「……性別不詳組にも、二人にも迷惑かけることだけどダメかな？」

少しでも難を示されたら、すぐに諦めるつもりだった。

平坦なアマネさんの声は、いつものように感情がわからない。

『あれだけ楽しみにしてたコラボ配信でそんなことするって、思っていたより大胆なのね』

「そう……かなぁ……やっぱり」

ミィさんは乾いた声で、いつものヘラヘラしたしゃべりがたどたどしかった。

『宴百年セレネってVTuberでけっこう幅利かせている人ですよね？　そんなことして、先輩のVTuber生命終わりません？』

「それは一応、大丈夫だと思うけど……」

他で俺の配信生命は脅かされたものの、今回のことは事前に確認を取るつもりだ。融通すると言ってくれていたから、自己責任なら許してくれるんじゃないかな。さすがに年末コラボでそんなことするのは止められるだろうか。

それに、もちろん二人が反対なら、他の方法を考えるしかない。

『本気なの？　ケイの目標、登録者十万人でしょ。宣伝するせっかくの機会でそんなことして、チャンスを逃すどころか、反感を買う可能性のが高いわよ』

『どう考えても、荒れますよねー。あれだけ大きなイベントでそんな個人的なことやったら。登録者も今より減るんじゃないです？』

「……それはその通りなんだけど」

二人の言葉に、俺は別の方法を考えるしかなかった。

（とは言っても、そうなるともう……無理矢理また洋菓子店に行くのは……うーん……）

諦めかけていた俺だったけれどアマネさんとミィさん二人は、

『まあ、わたしは別にいいわよ。ケイがその覚悟で言っているなら。……わたしも助けてもらったし、それくらいの迷惑は気にしない』

『令もいいですよー。別に令のファンは先輩が変なことしても減らないですからねーっ。

……ま、令も助けてもらいましたし』

変わらないテンションで、さも大したことないように言う。

『いいの⁉　本当に⁉』

「いいけど、その代わり仲直りしなさいよ」

「うんっ、全力で仲直りする」

『令ももちろんですけど、……ゲームで勝たないとなんですよね？』

二人の言葉に心から感謝していた俺だったが、問題はまだ一つ（正確にはセレネさんの許可もあるけど）あった。

『ゲーム？　……そういえば、打ち合わせでもあったわね。わたしたちもやったパーティーゲームをやるって話だったかしら』

『ケイ先輩が運も実力もセンスもなく、最下位だったあれですよね？』

『……ケイ、別の方法を考えましょう。わたしがだまして呼び出すとか、それくらいなら手伝うから』

『ケイ先輩、令の制服貸すんで女装してイノ女で待ち伏せしましょうよ』

さっきまで協力的だったはずの二人が、あっさりと手のひらを返す。いや、引き続き協力的ではあるんだけど。

「待って待って、そんなあっさり俺のゲーム力を見捨てないでよっ」

『ケイはあのゲーム、どれくらいやったことあったの？』

「……有名なゲームだし、シリーズで言うとけっこう歴はあるはずだけど」

『わたしはあの時に初めてやったけど、ケイに負ける気はしなかった』

アマネさんが衝撃の事実を告げる。

確かになんでも器用なアマネさんなら初見のゲームでもある程度こなしそうではあった。でもまさか初めてやった相手に、あそこまで惨敗していたなんて。

『今もちょっと遊んだくらいですけど、ケイ先輩には楽勝でしたよねー』

「えっ、ちょっと……そんなことないって、ミィさんとは接戦だったたって」

『配信だと何人でやるんでしたっけ？　二十人くらい？　それでケイ先輩が一位って絶望的ですよね？』

「………そんなことないよ」

簡単に優勝できるとは思っていないけれど、ゲーマーが集まる大会でもない。VTuber同士で楽しくワイワイやる大会だから、俺が勝つ可能性だって十分あるはずだ。

「これから練習する」

『もうそんなに時間ないですよね？』

『……わたしが、ケイの家でゲームの操作だけ代わる？』

「わかってるよっ！　厳しいのは承知の上でやりたいんだって」

二人が認めてくれるなら、あとは自分の力でなんとかしたかった。

俺の無茶なお願いを聞いてくれた二人には感謝しつつ、替え玉まで提案されたのは複雑な思いである。そこまで俺が勝つと信じられないのか。

『……ゲーム関係なく、栗坂君が話せる時間なら作れるけど』

「セレネさんまで俺の勝ちを信じてないの⁉」

その後セレネさんにも通話をかけて、ゲーム大会で優勝できたら自由時間をVTuberとも配信とも関係ない個人的なことに使いたいと相談した。

前回、それこそセレネさんとはほとんどケンカ別れしていたので、通話に出てくれるかも不安だった。結果、応答してくれたし、話も聞いてくれたけれど、またか。

『そういうつもりじゃないけど。あ、栗坂君、ゲーム下手なの？　そういえば配信見た時、親戚のおばあちゃんみたいなプレイしてたっけ』

「どういう意味それ？」

『えっと、そうじゃなくて……あたしも責任の一端は感じてる。留依ちゃんのことだし、コラボ配信だからあたし個人の勝手はよくないけど、少し時間を作るくらいだったら』

「ありがとう。気持ちは嬉しいけど、……ただでさえ勝手なことするんだから、自力で勝ち取るよ。それにズルした感じだと、またトモに逃げられそうな気がする」

セレネさんはしばらく黙っていたが、やがて通話越しにも聞こえるため息をついた。

『わかった。それなら栗坂君を信じる。なに話すつもりかはわからないけど、配信のことより留依ちゃんのこと優先していい。その後のことは、あたしがなんとかする』

配信が荒れるのは想像にたやすいし、人気VTuberにそう言ってもらえるのは頼もしい限りだ。俺は心から感謝を伝える。

『あと栗坂君、マイクいいのにしたら？　……配信と会った時で声全然違うから』

「え？　もしかして、俺が女声なのってマイクのせいだったってこと⁉」

『へ？　……いや、女声は女声だよ。栗坂君はリアルでも配信でも女声、そこは心配しなくていい』

「……そ、そっか」

最後に水を差されたけれど、セレネさんなりに俺を後押ししてくれたのだろう。

配信で使うものだし、トモに気持ちを伝えるのだからと、俺はネットで評判のいいマイクを買った。高音質、カメラ付きとある。カメラはもともと使っているものがあって、

VTuberのアバターを動かすのに使っている。もしかするとこちらもいいカメラにすることでもっとアバターがヌルヌル動くかもしれない。

俺にできることは、もうあとはゲームの練習だけだ。ネットで攻略法を調べて、動画で必勝法をまねて、それでも最後は実際にプレイした量でどうにか腕前を上げる他ない。

コンピューター相手だけだと、どうも感覚がつかみきれない。

アマネさんやミィさんに頼んで、何度か練習に付き合ってもらったが、まだ運次第でミィさんに勝てるかどうかだった。

これだけでは足りないと、俺は配信で参加者を募集して戦った。

「腕に自信ある人いたら、俺と戦おうよっ！」

と意気込んで参加者を募ると、想像以上に腕の立つ視聴者たちが何人も来てしまった。

「嘘(うそ)でしょ？　……みんなこのゲームのプロなの？」

○ガチ勢にボコられてケイちゃん涙目じゃんｗｗ
○すべてを失うケイ可愛(かわい)すぎる
●コラボに向けて気合いが入っているのはわかる、でもゲームに集中しすぎじゃないか？
○無言でやって惨敗なのが面白すぎるｗｗｗｗ

「…………いや、みんなが強すぎるだけだよ？　俺だってすごく練習したし、もうそんな下手とかじゃないんだよ？」

あまりしゃべれていなかったことは申し訳ないけれど、俺の腕前自体はちゃんと上達していた。実際、イベント前日にはアマネさんともいい勝負になっていた。しかしあれだけ頑張ってこの拮抗ぶりということは、

「アマネさんも俺の練習相手ができるように……もしかして特訓とかしてくれてたの？」

『わたしはケイ以外とはやってないし、今もアニメ見ながらやっているけど』

「え？」

ともかく。

できる限りの修行を終えて、俺はついに大晦日を——宴百年年末大宴会を迎えた。

5

想定通り集まったVTuberたちの大半は、ワイワイゲームして遊ぶことが目的だった。にわか仕込みの俺でも善戦以上——現時点で二位の成績を収めていた。あとは最終ゲームで勝てれば、逆転優勝が狙える。

（ここまでは狙い通りで、うまくいっているっちゃそうなんだけど……）

問題なのは、俺が優勝を争っている相手である。

『ケイちゃんっ、ボク負けないよーっ！　優勝したら特典の自由時間でセレネにセクハラ質問いっぱいしてやるんだからっ！　ケイちゃんも、セレネがセクハラされてるの見たいでしょ⁉』

「なんでトモがっこんなに強いんだよっ⁉」

現時点、僅差ながらの一位は性別不詳組として宴百年年末大宴会に呼ばれたVTuberの藤枝(ふじえだ)トモだった。

(おかしい……だって性別不詳組のみんなでこのゲームやった時は、トモは三位で俺とそこまで大差なかったのに……っ)

トモはもともとゲームをあまり熱心にやるタイプではない。

俺と一緒に協力ゲームとか対戦ゲームで遊ぶけれど（視聴者からはドングリ大決戦と呼ばれる）、トモ一人で配信するときはまったりタイプのRPGとかノベルゲームが多い。

リアルでは清楚(せいそ)な美少女なのだと知った今では、なるほどと納得する部分もあるのだが、とにかくそんなにゲームがうまくなかったはずだ。

(はずなのに、なんで⁉)

○トモちんうまくなりすぎｗｗｗ　ケイちゃんあんだけ練習して負けそうなの笑う

○まさか性別不詳組の二人がセレネの配信で優勝争いするなんて
○他がエンジョイ勢なのに全力すぎるだろ。特典の自由時間でなにするつもりなんですかねえ（ニンマリ）
○俺はトモを応援するよ。セクハラしてセレネを困らせてくれ！

　コメントを横目に、俺は気持ちを落ち着ける。

　ここまできたらあとは精神力の勝負だ。しかし、

（トモはどうしてこんなやる気なんだ。本当にセクハラ質問するのが目的なの？）

　宴百年年末大宴会はゲストと司会のセレネさんあわせて十六人が参加しているので、セレネさんが開いているメイン配信と各自の個別配信画面の並行で開かれている。

　ゲーム大会以外は基本的にメイン配信画面で進行するから、俺たちゲストもメンバーを代わる代わる代わるしながら呼ばれているのだが、ゲーム中はずっと一人配信だ。

　だから俺の声も、トモの声も直接は通じていない。

　代わりに、視聴者がコメントで状況を教えてくれる。俺がトモの成長ぶりに困惑していると、

『ケイちゃんがすっごい練習してるって聞いて、親友として負けられないからボクも必死に頑張ったんだよねーっ。やっぱこういう全力で戦うのっ、親友って感じじゃん⁉』

とトモが配信で言っていたとコメントが来た。

「いやっ、それすっごく俺が望んでた青春っぽい親友なやつだけどっ‼」

タイミングが悪すぎる。

なんとしても優勝しようとしているときに、まさか最後の対戦相手がトモなんて。

(親友っぽいけど『ライバル』ってルビついてるよねっ⁉)

優勝を決めるゲームは、連打力とシューティングゲームを合わせたもので、参加者の十五人での撃ち合いだった。隠れながら、他のプレイヤーを見つけたら連打で攻撃する。一見するとFPSなのだが、ほとんど遭遇した後の連打力で勝敗が決まるというパーティー感強めのものだ。

「悪いけど、俺はトモに勝つ！　絶対負けられないんだよっ！」

○ケイがいつになく燃えている

○セレネのファンだし、やっぱ勝ちたいのか。でもケイはムッツリ美少女だからセクハラ質問できないだろうな

●ケイ、頑張れ。俺たちがいる。背中に風を感じるだろ。一人じゃない、負けを恐れる必要なんてない。勝てばみんなで喜ぶし、負けたらみんなで慰め合おう。それが俺たちだ

あまりに集中しすぎて、コメントももう視界に入ってこない。

何人か倒した。親指がすでに疲れてきて、痙攣（けいれん）している。次から人差し指連打に切り替えるべきか。いや、練習中も親指の連打が一番成績も良かった。

「親指でいくよっ！」
○なんの話だ？ｗｗ
○多分、連打するときの指の話かな
○美少女な上、ゲーム頑張りすぎてポンコツに
　画面の右上に表示された残り人数を確認する。

「あと二人っ！」
○残ってるのトモだぞ
○この展開は熱い、本当に二人が残るなんて
○名勝負きたな。どっちが勝つんだ
「見つけたっ‼」

　マップの端に、残存しているプレイヤーを見つけた。こうなれば、あとはもう気合いだけだ。そのまま連打勝負に持ち込み、感覚がなくなるまで全力で親指を動かした。痛みなのか、疲れなのか、しびれてきた。それでも俺は親指を止めない。

　——トモに勝つ、気持ちを伝えるんだっ‼

酸欠で意識までぼんやりしてきた時、やっとトモのプレイングキャラが倒れた。パーティーゲームよろしく、散々撃たれたわりには愉快な動作でへたり込む。

「……勝ったっ！ 勝ったよ！」

右手を代償に、俺はトモに勝った。

宴百年年末大宴会のメインイベントの一つであるゲーム大会で優勝したのだ。

6

流れる祝福コメントを、しばし満喫した。

○かっこよかった。ケイを初めてカッコイイと思いました

○ケイちゃん、もしかしてただの美少女じゃなかった?

○トモちんの代わりに、お前がセクハラするんだぞ

○今回ばかりはケイといえど、イケメンだったと言わざるを得ない

カッコイイと褒められている。

俺の男らしさが、ついに視聴者たちから認められたようだ。すごく嬉しい。嬉しいけれど――、

（俺にとって、本番はこれからなんだよね）

すでに満身創痍だ。セレネさんのメイン配信画面を開いて、優勝特典の自由宣伝時間へ呼ばれるのを待つ。

『わーっ！　すっごく手に汗握る最後だったねーっ！　もうあたしも汗びっしょりっす』

○このパーティーゲームで盛り上がりすぎでしょｗｗｗ
○藤枝トモと甘露ケイって知らなかったけどゲームうまいじゃん
○セレネも戦ってたら最下位だったなｗｗｗ
○思いの外面白かった、来年も性別不詳組呼んでほしいわ

『うんうん、すっごく楽しかった！　それでは優勝者、性別不詳組の甘露ケイさんをお呼びしたいと思いますーっ。甘露さん、通話に参加できますかー？』

「はっ、はい！」

俺は慌てて参加ボタンを押す。

個人配信の方はどうするべきなんだろうか。通話音声は取り込んでいないから、セレネさんのメイン配信の音は入ってこない。俺の声だけだとよくわからない配信だし、切った方がいいのかな。

（あっ、でももういろいろ操作する時間もないっ！）

俺はゲーム画面も配信画面もそのままで、セレネさんのメイン配信に移った。そのまま放置しても、ただ俺の声とゲーム画面が垂れ流されるだけで問題はないだろう。

『甘露さん、お疲れ様です！　そして、なによりも優勝おめでとうございますーっ』

「ありがとうございますっ」

『すごい熱戦でしたね！　甘露さんのゲームの腕もびっくりするくらいうまくて』

「あははっ、一応練習してきて……」

セレネさんとは、配信外とリアルではもうかなりフランクに話せるけれど、こうやって配信中——宴百年セレネさんとして話すのは初めてで、緊張してしまう。

俺が大ファンであるVTuberと、あの大人気コラボ配信に出て話しているのだ。

（あれ、百瀬さんの顔を思い浮かべると緊張するのもバカらしくなってきたな）

『練習ですか！　もしかしたら、宴百年年末大宴会のゲーム大会でそこまで気合い入れてきてくれたのは甘露さんが初めてかもしれないっすね。あれだけ盛り上げてくれて本当に大感謝ですよー』

「熱くなりすぎちゃったけど、俺も楽しかったです」

事情は知っていつつも、セレネさんは配信上では知らないふりで会話を盛り上げてくれていた。

俺はそれに受け答えするだけでも、配信がいい感じに温まっていくのを感じる。

『それでは、ささやかですが優勝者特典として、五分間の自由宣伝時間を進呈させていただきますーっ。このメイン配信で五分間、優勝者の甘露さんにはこの時間を自由に使っていただきますね』

同接はいくつだ。

ゲーム大会が始まる前は、二万くらいあったはずだ。年末の大企画で、人気のあるVTuberが多数出るコラボ配信なのだ。俺の配信と違って驚く数字ではない。

俺はこの二万人を巻き込んで、セレネさんや他のVTuberたちと、性別不詳組のアマネさんとミィさんにも迷惑をかけてでも、一人の相手に気持ちを伝える。

（申し訳ないけど、同接もコメントも見ない。この五分間、俺はトモだけを――）

深呼吸して、俺は覚悟を決めた。

「俺は、この時間を一人の大事な人のために使わせてもらいます。……その人は俺と同じ配信者で、友達で、親友で……なので、内容もしゃべり方もその人に向けたものになるけど、どうか大目に見てくださいっ」

前置きはこれくらいでいいだろう。額の汗を拭った。ゲーム大会の中盤で、すでに暑くなって暖房も切ったはずなのに、それでもまだ体が火照（ほて）っている。

「トモ、聞いているよね？　お願いだから、最後まで聞いてよ。俺、この時間を使ってトモに気持ち伝えるため、数日だけどずっとゲームしてたんだから。それなのに、まさかトモまで、練習してきて……最後はトモと優勝争いなんて、びっくりだよ。でも楽しかった。トモとは今までも二人でよく配信してきて、いつも楽しかったよね。だからこれからも二人で配信したいし、トモとはずっと仲良くしたいって思ってた」

視界の端でなにかが赤く光っていた。ゲーム画面だろうか、俺は無視して、自分の間違いを認める。

「親友だと思ってた。しかもバカみたいだけど、親友だからお互い同じ気持ちだって、確認しなくても通じ合ってるって信じてた。でも、俺最近やっと気づいたんだよ。俺は、自分の気持ちすら、よくわかってなかった。それなのに、勝手にトモも俺と同じ気持ちだって……本当にバカだよね」

それから俺は、ずっと考えてきたトモへの気持ちを口にする。

「俺さ、全然リアルで友達いなくて。だからVTuber始めて、性別不詳組のみんなと仲良くなって、たくさんの人たちが配信に来てくれて……正直、それまで友達とか親友とかって実際どんなものかわかってなくて、トモへの気持ちも普通の友情だってずっと思ってた。……ごめん、これは言い訳だよね」

俺が勝手にこんな話を始めて、コメントはどうなっているだろうか。事情を知らないゲストのVTuberさんたちも驚いて、怒っているだろうか。

でも、俺はやめない。

トモと親友でありたい。親友にこんな感情を抱いちゃいけない。そう思って、自分の気持ちを否定するばかりか、トモの気持ちまで否定していた。

だけど、わかっていた。トモといてドキドキする気持ちは、単なる友情だけじゃない。

「俺、トモが好きだ。……あれだけ散々、俺たち親友だって言っておいて、親友じゃなくて、もっと特別な相手として、好きになっちゃったんだ。それなのに、認めたくなくて、トモのこと傷つけちゃったよね。本当にごめん。だけど、本当に今更だけど、改めて俺の気持ち、トモに伝えたい」

「俺、トモが大好きだっ！」

7

事故配信になってしまっただろう。それでも俺は、すべて言い終えた。

トモへの気持ちを、全部伝えた。

――終わった。いや、もしかしたら本当にいろいろ終わったのかも。

セレネさんの脅し文句じゃないけれど、本当に俺のVTuberとしての配信生命が絶たれるくらいコメントが荒れているんだろうか。

できることならこのままパソコンの電源を落として、すべてから逃避したいくらいだけれど、そういうわけにもいかない。今からでも全力謝罪して、他のゲストのVTuberさんたち、それから許可は取ったにしてもセレネさんや、アマネさんとミィさんにも頭を下げる必要がある。

（それから、トモにもだよね。配信で急にこんなこと言われて、迷惑だったろうし……コメントが荒れてたとしたら、俺のせいでトモのことも多分……）

急に、トモがコメントでなにか言われているんじゃないかと不安になる。

怖くなって、すぐに配信画面を見ると。

○事故すぎるｗｗｗ

○え、甘露ケイの個人配信の方でカメラついているってマジ？

○なに、どういうこと？　個人配信のＵＲＬ貼ってよ

「えっえっ？」

『あのあのっ、甘露さん。……あたしも今気づいたんですけど、甘露さんの個人配信の方が事故っているみたいで……』

「ど、どういうこと？」

セレネさんのメイン配信画面ではなく、放置していた自分の配信画面を見ると、

「あれ？　……俺が映ってる。え⁉　なんで、なんで⁉」

『あのぉ、多分なにかの操作ミスでカメラがついてしまったみたいで……しかもそれが配信にもずっと映ってまして』

「嘘でしょ⁉」

新しく買ったばかりのマイクに付いたカメラが、録画中の赤いランプを点していた。

〇おーいケイちゃん見てるー？

〇伝説の事故配信を見るためにメインから来ました

〇アーカイブ残しますよね？

「えっちょっと……そのっ」

とにかく俺はカメラをオフにして、状況を整理する。

俺はセレネさんにコラボ配信で時間をもらって、トモに気持ちを伝えた——告白したはずだった。

だけど、つけっぱなしだった個人配信の方でその間ずっと俺の顔を映していた。

そのせいで、俺が宴百年年末大宴会で告白したことはまったく触れられていないけれど、

「同接二万？　終わった……VTuberが顔出し……しかも俺、性別不詳VTuberなのに顔出しって……もう終わりだよ………」

荒れるどうこう以前に、俺のVTuber生命が、性別不詳組としての尊厳が完全に終わってしまった。

配信自体は切っていないので、画面の右下には可愛らしい甘露ケイのアバターが立ち尽くしている。こんな美少女アバターを使って、俺は普通の男子高校生だと二万人にバレてしまったのだ。

現実の俺は、魂が抜けたように、座ったまま動かなくなっていた。

もはや、年が明けたことすら記憶にない。俺がやっと動きだしたのは、セレネさんからの通話がきっかけだった。

「……百瀬さん、すみません。俺のせいで大変なことに」

『あー……えっと、アーカイブ消した？』

「それは、なんとか。でもそれ以外のことはもう全部諦めて、さっきまでずっと座って天

井を眺めてた」

『これくらいしか言うことないから言うけど、どんまい！』

　励まされても、乾いた笑いしか出てこない。それよりも、

「あの、コラボ配信の方はあの後……本当、ごめん。原因のくせに、なんもできないで放心してて」

『まあ、そっちはちょっと収拾つかなかった以外、むしろ盛り上がりまくってプラスかな。だから栗坂(くりさか)君が気にすることないよ』

「そう……なの？　荒れてないなら良かったけど」

『うん、荒れているっていうか、栗坂君の顔出しの話ばっかコメントで流れて大変だったくらいで、メイン配信の方は同接三万くらいいったし』

「三万⁉　すごいっ」

　セレネさんが人気VTuberといっても、同接三万は今までに出していない数字なはずだ。

『あはは、栗坂君のおかげだね。複雑だけど。だからまあ、あたしのこととか、配信のことは気にしなくていいから』

「……そう言ってもらえると、助かるよ。だったら、被害は本当に俺だけなの？」

『多分？　それで、傷心のところ悪いけど、本題いいかな』

「え？　あ、これが本題じゃないの」

セレネさんが、今の俺に他にも話したいことがあったとは。

『そりゃ、留依ちゃんのことがあるから』

「あっ‼　そうだよ、俺そっちのことも……話して、顔出しですっ飛んじゃって」

『それはまー、あんなことになったら仕方ないか。で、あたしが言いたいのは』

「……言いたいのは？」

配信でやらかしたことには、おとがめなしだけれども。セレネさんは親友大好き人間なので、俺がトモへの気持ちを一方的にぶちまけたことにも、その内容にももの申したいのだろう。

『……仮合格かな』

「え？　どういう意味？」

『留依ちゃんのこと、もうこれ以上泣かさないなら……栗坂君に留依ちゃんのこと任せてもいいってこと』

「えっ⁉　それって……いや、それって百瀬さんが判定することなの？」

違うと思う。

（違うと思うけれど、セレネさんが認めてくれたのは嬉しい）

「百瀬さんが、時間つくってくれたおかげだよ」

『あたしからも、ありがとう。あたしの留依ちゃんのために、頑張ってくれて』

「……言っとくけど、俺は冬休み中もトモからずっと返信あったよ？　未読無視とか既読スルーとかなかったからね？」

『ん？　ちょっと栗坂君、もっかい喫茶店でゆっくりあたしと話そうか？』

セレネさんとは、またどちらが真の親友か決着をつけることになりそうだ。

『とにかく、ちゃんと留依ちゃんと話してきて。通話かけたら出てくれると思うから』

「ありがとう、百瀬さん」

そうは言っても、人生で初めて女の子に告白して、その直後に人生で最大の失敗をやらかしてしまっていた。どんな顔で、トモに通話したらいいんだ。

通話ボタンを前に俺が固まっていると、別の着信が割り込んできた。俺は思わず応答ボタンをクリックしてしまったが、相手はアマネさんとミィさんだった。トモとは少しでも早く話したかったが、二人とも話す必要がある。

「二人ともごめん」

開口一番、俺は謝った。しかし二人の反応は鈍い。

『……それはなにへの謝罪？』

『ケイ先輩、何様ですか？　令にごめんって』

「えっ？　いやだって、ほら！　配信で……その、トモに気持ち伝えることは許可取ってたけど、事故で顔出ししちゃって」

なぜか不機嫌そうな二人に、俺は急いで付け加えた。

『ケイの顔出しについて、わたしに謝る意味がわからない』

『……確かにVTuberなのに突然顔出しされると、グループメンバーとして戸惑いますけど。別に謝ることじゃないですよね』

「えっ、だってほら、もう俺、VTuberできないし、性別だってほら！　全然もう不詳でもなんでもないし！　強いて言うなら不祥事VTuberだよ⁉」

『あなた、全然連絡返さないと思っていたけれど、もしかして見てないの？』

アマネさんが、いつもの声からさらにトーンを落として、あからさまに呆れている。

「えっ、なに？　どういうこと」

『アーカイブ消しちゃったんですね？　それはいいんですけど、えっとじゃあこの記事とか見てくださいよ』

「記事？」

『はい。先輩、ネットニュースになってますよ。VTuber専門の小さめのですけど』

送られてきたＵＲＬをクリックして、出てきたサイトを読むと、

「なにこれっ⁉『性別不詳VTuberがまさかの美少女バレ⁉ 事故で顔出しするも驚愕のアバターそっくりな美少女で視聴者歓喜も似すぎて一部は困惑する』ってなんなのこの記事タイトルは⁉」

『そのまんまでしょ。内容もだいたいそんな感じよ』

『先輩、良かったじゃないですか。VTuber界に突如現れたリアル美少女って言われてますよー。うぷぷっ、男子なのに……顔出しして気づかれないって、お腹痛いですっ』

「意味がわからない……なんで⁉ だって俺、普通の男子高校生で……顔を出したら……性別不詳でもなんでもなくて……え、え？」

つまりどういうことなのか。

「俺、顔出ししたのに、女子だと思われている？」

『そういう意味では性別不詳ではないけど、それは今更ね』

『先輩、だからこれからも、令たちと一緒に性別不詳組でVTuberやりましょうねっ』

「えええぇ……」

VTuberを続けられることも、性別不詳組のみんなで活動できることも嬉しい。だけど非常に複雑な気持ちだった。

8

これ以上、先延ばしなんてできない。俺はまだ顔出ししたのに美少女扱いされている意味がわからないけれど、本当はもっと気持ちを落ち着けてからにしたかったけれど、なによりトモと話したい。

少し手が震えた。連打の後遺症かもしれないけれど、俺はスマホを片手に家から出る。夜風を浴びながら頭を冷やして、通話ボタンをやっと押す。

トモはすぐ通話に出てくれた。

「トモ、ごめん。えっと、まず今のごめんは、いきなり通話かけたことへのごめんで。それからさっきの配信のことだけど——」

『ケイ、あけましておめでとう』

「あっ、うん！　あけましておめでとう！　今年もその……」

よろしくと言っていいんだろうか。トモの声は、明るく聞こえるけれど、俺の気持ちを聞いてどう思ったのかまったくわからない。

『配信、大変だったよね。大丈夫？』

「……とりあえずは、なんとか」

『あのね……ちゃんと聞いてたよ。最後まで』

「それって、……俺の気持ちのことだよね？」

トモが『うん』と肯定する。良かった、これでトモが話をまったく聞いていなかったという最悪のパターンは回避された。

『私も同じだった。ケイが、私と同じだって勝手に思ってた』

「それって、つまり……」

『ケイも私にいやらしい気持ちでいっぱいなんだって』

「え？　いやそれはつまり？」

すぐ聞き返さない方がいいことだと気づいて、「ごめん、なんでもない」と話を戻した。

俺はスマホを耳に当てながら、夜道を歩いている。周囲が少しにぎやかで、静かなところへ移動したかった。

『外にいるの？』

「あ、音うるさかった？　今移動してるから、ちょっと待ってくれれば……」

『会いたい。私もそっち行くよ』

「えっ、いや元旦って言っても真夜中だし」

俺が言うのもおかしいけれど、元旦効果があってもこの時間に高校生が出歩くのはよくない。それにやっぱり、同じ高校生でも、トモは美少女だから尚更心配だ。

『でも、会いたいな』

「……あの、お店の方、行ってもいいでしょうか？　出禁になってたけど」

『ごばっ!?　ご、ごめん、あの時はあの……うん、解除。解除だから、来てくれると嬉しいです』

「わかった。すぐ行くよ」

笑って、俺は走る。

徒歩十分ほど、走れば五分もかからないだろう。

息が少し上がって、それでも走るスピードは落とさなかった。ずっとお互い勘違いで、いろいろあったけれど、今度こそ俺たちの気持ちは同じだろう。

トモとは、親友になれたのだろうか。なれるのだろうか。

これからも親友でいたいけれど、もう一つ、また別の、特別な関係になれるかもしれない。トモが言ってた通りだな。オフ会して、可愛い子がいたからあわよくばなんて――でも、俺はトモが美少女だからそう思っているわけじゃない。結局、トモはトモだった。最初から俺にとっては誰よりも特別な存在で、異性だったことで、意識するようになって――あれ、やっぱり大差ないか？

「トモっ！　おまたせっ」

「……ケイっ」

洋菓子店の前で、マフラーに顔を埋めたトモが俺を待っていた。

「私も、ケイのこと大好きだよ」

「ちょっえっ」

顔を見るや否や、飛びつくように抱きつかれる。なんとか勢いに負けないで、俺はトモの体を支えられた。

「大好きっ！　ごめんね、いきなり。でも、ずっと言いたくて……顔を見たらすぐ」

「……なら走ってきて、良かったよ」

「言っとくけど、オフ会した時からだよ」

「えっ⁉　それはさすがに、早っ……いけど、嬉しいよ！　俺もそのっ、トモのことが好きだから」

面と向かって言うのは、想像以上に気恥ずかしかった。

でも、お互いの気持ちが通じ合うようで、心が満たされる。

「それから、おめでとう」

「おめでとう？　あけまして？」

「そっちじゃなくて、登録者。一万人超えてたよね？」

「えええぇ⁉　う、嘘だよね？　だって俺……え？　あれで登録者増えたの？」

VTuberなのに、あれだけがんばってもジワジワとしか増えなかった登録者が、事故で顔出ししたところ突然何千人も増えたらしい。おかしい、なにかがおかしい。増えた登録者は俺をなんだと思っているんだろうか。まさか俺のことを美少女VTuberどころか、本物の美少女とは思っていないよね？

困惑する俺をよそに、トモが「目標に近づいたね」と祝ってくれる。嬉しいけど、嬉しいけれど。

「えっとほら、それよりも……俺はトモとのことが嬉しいから」

そう言うとトモは俺の胸に真っ赤な顔を埋めて「ふへへ」と言って離れた。少しだけ、空いた場所が寒く感じる。

「ケイのこと、初めて会った時から好きだって言ったけど、今は、もっと好きだよ。今ならケイのどんな愛も受けとめられるから」

「……それはありがとう？　でも俺の愛ってそんな」

そんな特殊な愛ではないはずだ。普通の男子高校生だし。

けれども、俺はトモのどんな愛でも受けとめられるだろうか。わずかながら心配になる。

いや、そんなのっけから男らしくない。トモがどんな気持ちでぶつかってきても、男らしく問題ないと言い切るべきだ。

「俺の愛だって、トモに負けないよ」

「う、うんっ。私、ケイのそういう男らしいところも今はすごく大好き。だからね、ケイがハーレム作るの応援するっ！」

「え？」

「うんっ、私、アマネっちやミィ君と一緒にケイのハーレムとして寵愛を受けるっ！」

「ちょっと待って？　え、なにそれ？　ハーレムって、だからなに？」

前言、撤回。

俺はまだトモの愛を受けとめられるだけの男ではないのかもしれない。

——いやいやいや、どういうこと。俺たち、普通に付き合うんじゃないの⁉　恋人にはなれないわけ⁉　ハーレムってどういうこと⁉

「よろしくね、ケイ」

エロガキで、美少女で、親友で、大好きな彼女が笑った。

あとがき

お世話になっております。最宮(さいみや)です。

物書きの端くれであれば、なにか好きに書いていいと言われるとスルスル面白い文章を生み出すのでしょう。……浮かびません。どうやら私はまだ端くれでもないようです。木材を削った後に出てくる鰹節(かつおぶし)みたいなやつでしょうか。ふっと吹いたらヒラヒラと舞うように飛んでいく、そんなタイプの物書きです。よろしくお願いいたします。

なので本作でデビューする新人として、意気込みでも書いてお茶を濁そうと思ったのですが、実はいまだにこの作品が本当に出版されるのか疑っています。家族や友人など誰にも話していない程で、実感もまったくありません。

本作は大変ありがたいことに「第8回カクヨムWeb小説コンテスト」でラブコメ（ライトノベル）部門特別賞・ComicWalker漫画賞を受賞したのですが、特別賞というのは「書籍として出版することを目指します」と要項にも書かれており、書籍化の約束はありません。「これから書籍化を目指します」と親しい人に報告すればいいのでしょうか。賞金もないし、目指しているだけで、受賞前となにかが変わったのかわかりません。やり取りさせてもらっている担当編集様も、雇われ劇団員かもしれないと思いつつ接しています。ただこのあとがきを書いている頃には、イラストレーター様が描いてくださったすばらしいイラストの数々が届いており、用心深い私も「もしかしたら本当に書籍になるんでしょうか?」と揺れております。しかし、書店の棚に並ぶまでは気を抜けません。

つまり、本作でいえばオフ会前です。ネットとリアル、主人公とヒロインたちとの勘違いを皆様に楽しんでもらえるよう本作を書いておりますが、作者自身が勘違いピエロにならないよう実際にこの目で見るまで完全には信用しないのです。

半信半疑ですが、本作は多数の皆様のおかげで出版することができるようです。この文章を誰かが読んでいるということは、出版できたのでしょう。誰も読んでいなかったらどうしましょうか。とはいえ、本当に皆様ありがとうございます。

またファンタジア文庫の担当編集様（本当に劇団員じゃないといいんですが）、イラストレーターのあやみ様（十キャラ分も素敵なデザインを!）のお二人には頭が上がりません。どうしましょう、お歳暮とか送ればいいのでしょうか。

最後に、本作を手に取ってくださった読者の皆様に心から感謝いたします。

最宮みはや

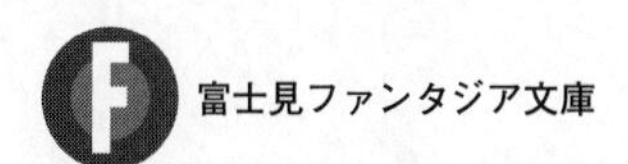

性別不詳VTuberたちがオフ会したら俺以外全員女子だった

令和５年12月20日　初版発行

著者――最宮みはや

発行者――山下直久
発　行――株式会社KADOKAWA
〒102-8177
東京都千代田区富士見2-13-3
0570-002-301（ナビダイヤル）
印刷所――株式会社暁印刷
製本所――本間製本株式会社

ISBN978-4-04-075267-9 C0193　◇◇◇